Ossip Schubin

Es fiel Reif in der Frühlingsnacht

Novellen

Schubin, Ossip

Es fiel Reif in der Frühlingsnacht
Novellen

Reihe: *classic pages*

ISBN: 978-3-86741-546-0

Auflage: 1
Erscheinungsjahr: 2010
Erscheinungsort: Bremen, Deutschland

© Europäischer Hochschulverlag GmbH & Co KG, Fahrenheitstr. 1, 28359 Bremen (www.eh-verlag.de). Alle Rechte beim Verlag und bei den jeweiligen Lizenzgebern.

Cover: Foto © Grace Winter/Pixelio

Inhalt

Blanche   5
Memento mori   31
Schneeglöckchen   61

Blanche

Ihrer Excellenz

Gräfin Max von Oriolla
geb. Freiin von Arnim

In dem Museum zu Lille, etwas abseits von dem Wirrsal der Gemälde, steht in einem gläsernen Schrein ein Meisterwerk unbekannten Ursprungs, die »tête de cire«, eine Mädchenbüste aus farbigem Wachs geformt.

Ihr lacht wohl, wenn ihr von einer farbigen Wachsbüste hört, und denkt dabei an die Sammlung Madame Tussauds oder irgendeinen hübschen nichtssagenden Puppenkopf; doch wenn ihr einmal die » tête de cire« sehen solltet, so würdet ihr, anstatt zu lachen, die Hände falten und anstatt Madame Tussauds glasäugiger Puppenköpfe, irgendeines lieben toten Mägdleins gedenken, dessen früh geknickte Blüte ihr dereinst auf hartem Sargkissen ruhen saht. Bleich, mit feinen Zügen, rötlich braunem Haar und leicht blinzelnden sonnenscheuen Augen, ein demütig schmerzlich Lächeln um den Mund, den Nacken wie in Erwartung des Todesstreiches gebeugt, voll trauriger Unschuld, und mit müder Anmut hebt die wächserne Büste sich ab von dem matten Goldfutter ihres Schreines, dem Bildnis eines Engels gleich, der ein menschlich Leben gelebt und dem ein menschlich Leid das Herz gebrochen.

Woher dies Meisterwerk stammt? Keiner weiß es. Die einen schreiben es Leonardo, die andern Raphael zu, noch andere haben seinen Ursprung im Altertum gesucht. Nur in einem Punkte stimmen alle Kenner überein: – die Büste ist nach einer Totenmaske gebildet worden.

Der Maler Wicar hat sie aus Italien nach Frankreich gebracht. Man sagt, er habe sie in einem toskanischen Kloster gefunden.

Sinnend lächelt der holdselige Mädchenkopf über die kritischen Debatten der Neugierigen, die seiner Anmut einen illustren Heroen der Kunst zum Schöpfer geben möchten, – lächelt und träumt …

* * *

Nein, es konnte nicht sein, es wäre ein Sakrilegium gewesen!

Er zählte fünfundvierzig, sie kaum siebzehn Jahre! Es konnte nicht sein!

Nach langer abenteuerlicher Kriegswanderschaft, nachdem er so manche Niederlage betrauert, manchen Sieg mit gefeiert, endlich bei der ewig denkwürdigen Schlacht von Marignano den linken Fuß verloren, daher zum rauen Soldatenhandwerk untauglich geworden, war er nach Frankreich zurückgekehrt, in das Schloss seiner Väter, dessen Thore ihm sein Bruder der Graf von Montalme, gastlich offen hielt.

Er hatte diesen Bruder verwitwet und beinahe sterbend gefunden; neben dem Lager des Todkranken aber ein gar liebliches Mägdelein, das dem Heimkehrenden bewillkommnend die Wange zum Kusse bot – des Grafen von Montalme einziges Töchterlein Blanche – ein Herzenslabsal – ein Augentrost!

Da der Graf von Montalme ohne männliche Nachkommenschaft verblieben, so sollte nach seinem Tode seine ganze Erbschaft, das Schloss, die Ländereien und alle feudalen Rechte, dem rückgekehrten Kriegsmann, Gottfried hieß er, anheimfallen. Für das Mägdelein war schlecht gesorgt, das wusste der Graf, und das verursachte seinem müden brechenden Herzen große Betrübnis!

Die lauen Mainächte hindurch wachte Gottfried an dem Bett des Bruders. Er hörte das Picken der Totenuhr in der getäfelten Holzverkleidung der alten Wände; er hörte die Tautropfen langsam durch die Blätter der mächtigen Linden draußen rauschen; er hörte das mühsame Atmen des Sterbenden – aber deutlicher als alles hörte er das Klopfen seines eignen Herzens. Gegen Morgen, wenn die ersten schrägen Sonnenstrahlen rosigen Schimmer in die graue Dämmerung des Krankenzimmers streuten, wurde dies Klopfen stärker, denn mit den ersten Sonnenstrahlen glitt Blanche in das Gemach, beugte sich mitleidig über das Lager des Kranken und flüsterte leise: »Ist Euch besser, Vater?«

Ach, dem Grafen von Montalme wurde nicht besser, und eines Nachts legte er die feuchte, kalte Hand auf die warme, kräftige seines Bruders und sagte mit der umschweiflosen Aufrichtigkeit naher Verwandtschaft: »Gottfried, mir wär's eine große Beruhigung, so Du Blanche zum Weibe nähmest.«

Da aber errötete Gottfried bis an die Wurzeln seiner grauen Haare und murmelte: »Was Dir einfällt, ich alternder Krüppel und diese junge Blüte! Es wäre ein Sakrilegium.«

»Sie ist Dir nicht abgeneigt«, sagte der Graf.

Da wurde der brave Gottfried noch röter und murmelte: »Sie ist ein Kind!«

»O, diese gewissenhafte Ziererei!« grollte der Sterbende müde.

Aber Ziererei oder nicht – dabei blieb's, von einer ehelichen Verbindung mit dem Kinde wollte Gottfried nichts wissen; dafür aber versprach er dem Mägdlein liebevolle Hut und sicheren Schutz angedeihen zu lassen, versprach sie zu halten wie seinen Augapfel, wie sein eignes Kind, bis er ihre Hand beruhigt in die eines ihrer würdigen Freiers legen könne.

Und während er dies versprach, klang seine Stimme dumpf und traurig wie ein Grabläuten. Der Graf aber tauchte mit der Hellsichtigkeit der Sterbenden einen scharfen spähenden Blick in das Herz des Bruders und entdeckte dort ein großes heiliges Geheimnis.

»Du bist ein Engel, Gottfried!« murmelte er, »aber Du hast unrecht!«

Bald darauf starb er.

Am Tage des Begräbnisses traf in Montalme eine gewisse Dame Isabella von Auberive ein, eine entfernte Anverwandte, die Gottfried der Schicklichkeit halber hierher berufen, damit sie sich mit ihm in die Sorge um das Mägdlein teile. Neben der von düsteren Fackeln umflammten Bahre des Vaters küsste er die holde Waise andächtig auf die Stirn, wie man wohl den Kleidersaum einer Mutter Gottes küsst, und versprach ihr seine liebevolle Stütze. Als sie jedoch in kindlichem Schmerzensungestüm die Arme um seinen Nacken schlang und das Köpfchen an seine Schulter presste, wurde er beinahe so bleich wie der Tote in seinem Sarge und machte sich sanft, aber fest von ihr los.

Es konnte nicht sein, es wäre ein Sakrilegium gewesen!

***

In der Glanzperiode der Regierung König Franz I. trug es sich zu, in der wunderschönen üppigen Touraine, deren samtgrüne Triften das lustige Edelsteingeschiller der Loire durchzieht, der spielenden tändelnden Loire, an deren Ufern damals eine ganze Reihe stattlicher Edelmannsbehausungen emporragte.

Etwas abseits von den andern, an einem entlegenen Punkt, den nur selten der glänzende Jagdross König Franzens berührte, erhob sich das Schloss von Montalme, groß, drückend, mit düstern, von kleinen, tief eingesunkenen Fenstern durchlöcherten Mauern und einem runden Turm an jedem Flügel. Ernst und eigensinnig blickte es in einen Wallgraben hinab, in dessen wasserlosem Bette Frösche und Kröten zwischen saftig grünem Blattwerk sich belustigten: denn die Zeit, in der jeder Edelmann ein kleiner König, jedes Schloss eine Festung gewesen, neigte ihrem Ende zu, und die schlichte, reckenhafte französische Feudalität fing an, geblendet von dem persönlichen Nimbus Franz I., sich in eine Schar von Höflingen zu verwandeln.

Die finstere Monotonie der Bauart von Montalme stand in auffallendem Widerspruch mit beinahe allen Schlössern der sonnendurchglänzten grünen Touraine. Die innere Ausstattung entsprach der schwerfälligen Schmucklosigkeit seines Äußeren und den naiven Ansprüchen eines Jahrhunderts, in welchem in Blois und Amboise – jenen Schoßkindern königlicher Laune – die Türen der meisten Gemächer so niedrig waren, dass Franz I., bekanntlich von hohem Wuchs sich bücken musste, um hindurch zu kommen, und in diesen beiden Palästen, neben der glänzendsten Pracht, der absolute Mangel aller jener Bequemlichkeiten bestand, die uns heutzutage als eine conditio sine qua non behaglichen Lebens erscheinen.

Die Dürftigkeit des Ameublements von Montalme war trostlos, und um die Mode kümmerte man sich gar nicht: die Damen trugen ernste, faltige Gewänder, die ihnen bis unter das Kinn und bis über die Handwurzel reichten, und unter deren Saum nur die äußerste Spitze ihrer naturledernen Schnabelschuhe hervorlugte, und die Herren trugen langes Haar und glatt rasierte Gesichter, dazu die beinahe bis ans Knie reichenden faltigen

Wämser, wie sie unter der schlichten und sparsamen Regierung des verstorbenen Königs Sitte gewesen.

Ein Jahr war vergangen seit des letzten Grafen Tod. Blanche genoss das Glück einer sorgenlosen Jugend – und Gottfried die Ruhe einer ehrlichen Entsagung. Ein hinkender Schutzengel wandelte er bescheiden neben seiner Nichte einher und freute sich daran, jedes Steinchen, das die Ebenheit ihrer Lebenspfade hätte unterbrechen können, aus dem Wege zu räumen, und die Falken, so ihre Unschuld umlauerten, zu verscheuchen.

Und wenn Gottfried seines holden Nichtchens reizende Gestalt betrachtete, da gedachte er wohl oft der Schwelgereien im Schlosse von Amboise, der »petite bande« sowie der auf Liebesentdeckungen abzielenden lustig liederlichen Streifzüge des Königs und schauderte. Er gedachte wohl auch des Umstandes, dass Blanche nun achtzehn Jahre zähle, und es Zeit sei, sie zu verheiraten, und da zog sich sein großes ehrliches Herz gar schmerzlich zusammen. Dennoch hätte er – so glaubte er es wenigstens selbst – nicht gezögert, sich von ihr zu trennen, wenn er für sie einen braven, ehrenhaften jungen Mann gefunden. Der aber war schwer zu finden in dieser schönen, vielbesungenen Zeit – der Zeit des Königs Franz!

* * *

Indessen war Blanche zufrieden mit ihrem einförmigen, einsamen Leben, vielleicht weil sie kein anderes kannte, oder auch, weil in ihrem Herzen ein großer Vorrat jugendlicher Fröhlichkeit noch unverbraucht war. Bei Tage gab es gar Vieles zu schaffen, und an den langen Winterabenden spielte sie Schach mit ihrem Oheim, während die Funken im Kamin aus den schweren Eichenklötzen stoben, und die vereinzelte Talgkerze in ihrem kunstvoll geschmiedeten eisernen Leuchter eine kleine Lichtinsel in die schwarze Dunkelheit des ungeheuren Saales wob. Manchmal erzählte ihr Gottfried gar schöne Geschichten, die traurige Legende von Tristan und Isolde und das schmerzenssüße Märchen vom Grafen von Lusignan und der schönen Melusine; manchmal auch berichtete er ihr von seinen eigenen Abenteuern in fernen fremden Landen.

Aber je fröhlicher Blanche in diese Einsamkeit sich fügte, umso mehr räsonierte darüber die Dame Isabella, eine im ganzen würdige Frau, die es jedoch nie und nimmer begreifen mochte, dass ihre einst ganz ausgezeichnete Schönheit längst unter der Last einer ungeheuren Korpulenz begraben lag, und die sich darum nicht enthalten konnte, durch allerlei Männchen und Mätzchen die Aufmerksamkeit ihrer Umgebung noch immer auf ihre vermeintlichen Reize zu lenken. Aus purer Langeweile liebäugelte sie sogar mit ihrem Pagen Philemon, obgleich dieser erst zwölf Jahre zählte und eine bescheidene, darum aber nur um so glühendere Adoleszenten-Leidenschaft für die liebliche Blanche in seinem Herzen trug.

Während sie dem Pagen endlose Strähnen Seide von den Händen herunterwickelte, seufzte und gähnte sie herzbrechend und machte die spitzesten Bemerkungen über die Faulheit und Unmanierlichkeit jener Edelleute, welche eine Annäherung mit dem guten ritterlichen König geflissentlich mieden.

Lange unterließ es Gottfried, ihr auf solche Reden etwas zu erwidern. Was hätte es ihm auch genützt, der albernen Person klar machen zu wollen, dass der Hof König Franzens für solch fettes altes Frauenzimmer wie sie keine Verwendung – für ein Mägdlein wie Blanche jedoch nur eine Würdigung habe, vor der dem ehrlichen alten Kriegsmann graute. Als aber Dame Isabella einmal ganz wütend auf ihn einstürmte und ihm vorstellte, man müsste nun doch endlich die Zukunft des Mägdleins bedenken, da gab er ihr eine ärgerliche Antwort. Dabei blieb's aber nicht. Die würdige Frau sprudelte sehr tolles Zeug durcheinander, dazwischen aber tauchte doch manche Bemerkung auf, die dem guten Gottfried nicht unberechtigt erschien. »Blanche ist jetzt achtzehn Jahre alt", stürmte die Dame Auberive, »wenn Ihr sie nicht verheiraten wollt, so müsst Ihr Euch entschließen, sie in einem jener Klöster unterzubringen, in denen unverheiratete Mädchen ihres Standes eine würdige Zufluchtsstätte finden!«

»Wer sagt Euch, dass ich Blanche nicht verheiraten will?« fuhr Gottfried rot vor Zorn, vielleicht vor Erregung auf, »nur hab' ich noch niemand gefunden, der mir gut genug gewesen wäre für sie!«

Dem aber entgegnete Dame Isabella mit schneidendem Spott: »Euch wird nie jemand gut genug sein für sie!« und rauschte, das Bild uneigennütziger Empörung, zur Stube hinaus.

* * *

Da geschah es, dass eines Abends ein verwundeter junger Ritter in das Schloss gebracht wurde, ein junger Ritter, der, von Räubern überfallen und ausgeplündert, blutig und bewusstlos am Wegsaume gefunden worden war. Er müsse von gar hoher Herkunft sein, meldeten die, so ihn gebracht, denn seine Kleider, wenn gleich beschmutzt und zerrissen, waren vom edelsten Zeuge, und er trug den Vollbart und die knapp zugestutzte Frisur, welche damals vornehme junge Stutzer dem königlichen Beispiel nachahmten. Gottfried erkannte in ihm einen gewissen Henri de Lancy, welcher bei der Schlacht von Marignano neben ihm gefochten, durch seine ritterliche Tapferkeit allgemeine Bewunderung errungen und ihn, seinen alten Freund Gottfried von Montalme, aus dem bösesten Schlachtengetümmel in sichere Hut geschleppt, als eine Kugel besagtem alten Kriegsmann den Fuß zerschmettert.

Eine mitleidige Rührung überkam Gottfried, da er sich über den schönen Jüngling beugte, der mit geschlossenen Augen so blass und hilflos vor ihm lag, und eifrigst bemühte er sich, de Lancy mit all der Bequemlichkeit zu versorgen, über die das arme Schloss von Montalme nur gebot.

Die Erscheinung des kranken Ritters weckte die stille feudale Veste aus ihrer Schläfrigkeit. Eine große Aufregung klopfte wild in dem Herzen der Dame Isabella und durchwirbelte phantastisch die Köpfe ihrer Dienerinnen. – Selbst durch die Adern der unschuldigen Blanche zitterte träumerische Unruhe.

In jener Zeit herrschte neben einer schwülen Lasterhaftigkeit, der gegenüber moderne Ausschweifung sich fast kindisch kleinlich ausnimmt, eine schlichte, echte Naivität, von der unsere Tage, mit ihrer durch Prüderie befestigten Moral, nichts mehr wissen. Das zarteste Mägdlein hätte sich damals nicht gescheut, einem kranken Manne ihre Pflege angedeihen zu lassen; dazu gesellte sich, dass die Frauen jener Zeit, Dank der großen Seltenheit der Ärzte, darauf angewiesen waren, sich selbst gar oft in der Heilkunst zu üben.

So kam es denn, dass Blanche der Dame Isabella und ihrem Oheim Gottfried bei der Pflege Henri de Lancys behilflich war, und da sie die leichteste Hand besaß, fiel es ihr gewöhnlich zu, den Verband um die hässliche Kopfwunde des Ritters zu lösen, und da sie den sichersten Blick und die ruhigste Gemütsart hatte, so war sie es, die mit Gottfrieds Hülfe den Eisensplitter einer abgebrochenen Degenspitze aus de Lancys Schulter entfernte.

Still und hilfreich wie ein Engel umschwebte sie den Bewusstlosen. Einmal aber, während sie über das Lager sich beugte und, den beruhigteren Atem des Kranken beobachtend, eine starke Abnahme des Wundfiebers zufrieden feststellte, öffnete de Lancy die Augen, große seltsame Augen, die manchmal blau wie der Himmel und dann wieder schwarz wie ein Abgrund waren. Die »petite bande« kannte die Augen gar wohl.

Jetzt eben waren sie sehr blau und ruhten mit unendlichem Wohlgefallen auf dem zarten Mägdlein. Dieses aber trat beklommen zurück. Die seltsamen Augen hatten den Schutzengel verscheucht; von jener Stunde ab blieb er dem Krankenzimmer fern.

Wie wir leicht denken können, ließ Henri de Lancy sich nicht pflegen gleich einer Wöchnerin, und sobald er nur Hand und Fuß rühren konnte, raffte er sich von seinem Lager auf. Vielleicht hatte seine Ungeduld, das schöne Mädchen wiederzusehen, etwas mit dieser großen Eile zu tun.

Es ärgerte den Stutzer, sich nicht in glänzendem Anzuge den Damen vorstellen zu können, doch kleidete auch die verhältnismäßig einfache Reisetracht ihn vortrefflich, und besser noch kleideten ihn, in den Augen der lieblichen Blanche zum wenigsten, seine Blässe und Magerkeit, seine tief eingesunkenen, fieberglänzenden Augen und die mühsam bemäntelte Mattigkeit seiner Bewegungen; denn es ist etwas Rührendes für jedes zart empfindende weibliche Herz, einen starken ritterlichen Mann ob seiner Schwäche ungeduldig und beschämt zu sehen.

Unter den gesenkten Augenlidern beobachtete Blanche jede seiner Bewegungen und war beständig darauf bedacht, seiner Hilflosigkeit alle Schwierigkeiten aus dem Wege zu räumen. Doch mochte sie ihm nicht den kleinsten Dienst selbst erweisen, sondern machte heimlich die Tante Isabella auf seine Bedürfnisse aufmerksam; ihre Teilnahme und ihre holdselige Verlegenheit verfehlten nicht, sein weiches Rekonvaleszentenherz tief zu bewegen.

Die »petite bande« hätte recht herzlich und recht boshaft gelacht, so sie es mit angesehen, wie bescheiden sich der verwegene de Lancy bemühte, dem unbedeutenden Mägdlein mit dem blassen Novizengesicht zu gefallen.

Und die Dame Isabella vernachlässigte den Pagen Philemon und putzte sich dermaßen, dass – nun dass es de Lancy alle Mühe der Welt kostete, ihr nicht ins Gesicht zu lachen. Das Schönste an ihrer Toilette war ihre Coiffure, deren Mode wohl um zwanzig bis dreißig Jahre weit zurückdatierte, und die aus einer turmhohen, spitzig zulaufenden Haube bestand, von der ein mächtiger Schleier ihr bis an die Knie herunter flatterte.

Die Tage kamen und gingen – die wunderschönen sonnendurchfluteten Julitage der Touraine. Die Luft war schwer von dem Geruch der Lindenblüten und Rosen. Henris eingesunkenes Gesicht hatte seine natürlichen Konturen wieder erhalten, sein Arm sich längst der Schlinge entledigt. Er war reisefähig, sprach aber von seiner Abreise nie ein Sterbenswort.

Er war nur ein leichtsinniger Bursche, aber von gar einnehmendem Wesen, und konnte, wenn es ihm gefiel, im Verkehr mit den Frauen eine zugleich so liebenswürdig zuvorkommende und doch ehrerbietig zurückhaltende Art annehmen, dass ihm keine lange böse blieb, auch die stolzeste nicht. Dame Isabella hatte er so völlig bezaubert, dass sie die Nächte damit verbrachte, über die Zubereitung der auserlesensten Gerichte zu grübeln. Sie tischte ihm die künstlichsten Pasteten auf, daneben Kapaune nach spanischer Sitte mit Gewürzen eingemacht und junge Pfauen, die sie so künstlich zu braten verstand, dass auch nicht eine Feder, weder an deren Schweif noch Krönlein versengt ward. Da Isabella merkte, wie liebestrunken sich die Augen des jungen Mannes oft an das schöne Mägdlein hefteten, so unterstützte sie seinen Verkehr mit Blanche, wo und wie sie nur konnte. Es wäre ihr angenehm gewesen, einen so vornehmen Verwandten wie de Lancy zu erwerben.

Einen Einzigen gab es in Montalme, der sich mit dem jungen Ritter nicht befreunden konnte, und das war der Schlossherr selbst.

»Wie lange will er noch bleiben?« grollte er eines Tages Dame Isabella an, »er hat sich seine Kleider hierher schaffen lassen und seinen Pagen, nächstens wird er sich noch seine Freunde hierher einladen, um der ganzen Provinz das Schauspiel der Anmut Blanchens zu bieten.«

»Glaubt doch so etwas nicht«, erwiderte Isabella verschmitzt lächelnd, »Verliebte sind geizig, und wenn möglich, möchten sie den Anblick der Freude ihres Herzens der ganzen Welt entziehen.«

»Die Freude seines Herzens!« fuhr Gottfried auf, »dann ist es die höchste Zeit, dass ich einschreite und ihn zur Rede stelle.«

»Lasst Euch doch so etwas nicht einfallen", wehrte ihm Isabella entsetzt, »schont doch den Keim seiner jungen Liebe, damit sie in ein ernstliches Begehren nach ehelichem Glück ausreife.«

Gottfried wurde düster. »Wenn ich dächte, dass er ehrlich um das Mägdlein werben will – aber er ist, wenn auch sonst großmütig und tapfer, ein gar lockerer Bursche, und die besten unter den jungen Stutzern von heute sind stolz auf Vergehen, deren die Schlechtesten unter uns in den Tagen meiner Jugend sich geschämt – es dünkt ihnen ja nur ein witziges Spiel, eine vornehme Kurzweil, die Unschuld eines ehrlichen Mägdleins zu verführen ...« er schlug sich mit der Faust vor die Stirn.

»Was Euch nicht einfällt!« eiferte die Dame Isabella, »abscheulich ist es von Euch, den Namen Eures Retters mit so schändlichem Verdacht zu besudeln. Ihr nennt Euer Misstrauen Gewissenhaftigkeit, eigentlich jedoch heißt es ganz anders. Soll ich sagen wie?«

»Nun wie?« grollte Gottfried.

Die Dame Isabella stellte sich auf die Fußspitzen und zischte ihm ins Ohr: »Eifersucht!«

Da grub er die Zähne in die Lippen, zog die Brauen schmerzlich zusammen, wandte sich auf dem Absatz um und verließ das Gemach.

Er nahm sich vor, zu wachen und zu schweigen.

* * *

Wie von einem süßen Glück betäubt, durchwandelte um jene Zeit Blanche von Montalme die kahlen Gemächer des alten Schlosses. Ihre Augen blinzelten halbgeschlossen vor sich hin wie von einem zu hellen Glanze geblendet, ihre Stimme war voll klagender Wonne, wie die, mit der die Nachtigall in lauen Sommernächten von Liebe schluchzt, und alle ihre Bewegungen hatten eine erhöhte Anmut.

Eines Tages aber flüsterte die Dame Isabella ihr zu: »Er ist in Liebe entbrannt für Dich!«

Und da erwachte Blanche aus ihrer holden unbewussten Wonne. Sie fing an zu prüfen und – zu zweifeln! Sie beobachtete genau, wie oft er jetzt das Wort an sie richtete, sie wurde traurig, wenn er an ihr vorbei ging, ohne dass sein Blick ihren Blick, sein Lächeln ihr Lächeln suchte.

* * *

Träumerische Nachmittagsstille brütete über Montalme, die Tauben girrten eintönig auf dem Dache. In einer der tiefen, braungetäfelten Fensternischen stand Blanche und blickte in den Hof hinunter, der mit satten dunklen Schatten angefüllt war. Dort stand de Lancy in der pittoresken Tracht, die Tizian auf dem Bildnis Franz I. verewigt, mit den gepufften Ärmeln und der hohen Halskrause, durch welche »der schönste Mann von Frankreich« die Rundung seiner Schultern und die Schwerfälligkeit seines Halsansatzes zu maskieren liebte.

Den jungen de Lancy kleidete dieser Anzug vortrefflich. Das schwarze Sammetbarett am Ohr beschäftigte er sich damit, einen Falken, der ihm auf der Schulter saß, abwechselnd zu necken und zu beschwichtigen. Da kam ein langgestrecktes Windspiel in leichten flüchtigen Sätzen auf ihn zu und sprang an ihm empor. De Lancy kraute es mit seinen langen schmalen Höflingshänden hinter den Ohren und streichelte es mit all' der Zärtlichkeit, die große Herren noch heute mit einem gewissen Stolze ihren Hunden und Pferden angedeihen zu lassen pflegen. Da wurde der Falke eifersüchtig und schlug mit den Flügeln und hackte mit dem Schnabel nach dem Windspiel. De Lancy vergnügte sich damit, beide Tiere zu quälen, sie durch abwechselnde Liebkosungen gegeneinander zu hetzen, und wie er sie beide schon recht unglücklich gemacht, da drückte er das Köpfchen des Falken mit der einen Hand an seine Wange und mit der anderen das Haupt des Windspiels an seine Brust. Da waren beide Tiere zufrieden, und er lächelte dazu, dass seine weißen Zähne blitzten, und seine Augen sehr dunkel wurden.

Das Herz des Mägdleins, das in den Hof hinab und dem artigen Spiel zusah, zog sich plötzlich zusammen, es regte sich darin wie eine Eifersucht, wie ein – Wunsch. Zufällig blickte de Lancy empor, und das Schlossfräulein erspähend, grüßte er ehrerbietig. Blanche dankte etwas unbeholfen und trat, am ganzen Körper bebend, zurück. Als sie wieder in den Hof hinabblickte, war de Lancy nicht mehr zu sehen.

Aber auf lauen duftgeschwängerten Flügeln trug die leicht bewegte Nachmittagsluft ihr ein Liedchen zu, das der junge Mann im Davonwandeln vor sich hin trällerte:

»Ha! ma chère ennemie
Si tu veux m'apaiser,
Redonne-moy la vie
Par l'esprit d'un baiser.
Ha! j'en ay la douceur
Senti jusque au cœur.

C'est une douce rage
Qui nous poinct doucement
Quand d'un mesme courage
On s'aime incessament.

Heureux sera le jour
Que je mourray d'amour!«

* * *

Dies verwegene Liedchen flatterte damals am Hofe des Königs Franz von Lippe zu Lippe, bis es um Jahre später der Dichter Ronsard sang und, nachdem er es durch ein paar zierlich gekünstelte Verse bereicherte, in seine Werke einverleibte.

De Lancy trällerte es oft, wenn er durch die grauen Gänge des Schlosses eilte oder im Garten unter den düstern Ästen der blühenden Linden wandelte. So vollständig und deutlich aber hatte es Blanche noch nie vernommen. Warm und voll klang seine halblaute Stimme zu ihr herüber. Durch den üppigen Leichtsinn der tändelnden Weise zitterte eine beinahe schwermütige Zärtlichkeit.

Stumm starrte Blanche vor sich hin, und in ihrem Blick schimmerte es wie ein großes Entsetzen, wie eine mächtige Sehnsucht!

* * *

Gottfried sah zu und wachte! Stündlich wurde er unruhiger und misstrauischer.

In der Schlosskapelle von Montalme stand ein engbrüstiger spitzbärtiger Heiliger – der heilige Sebaldus war's –, der trug an seinem hölzernen Zeigefinger einen Amethystring, und es ging die Sage, dass, wer den Muth habe, um die Mitternachtsstunde dem Heiligen den Ring vom Finger zu ziehen und ihn sich selbst anzustecken, dem gewähre der Himmel die Erfüllung eines Wunsches und sei es der vermessenste der Welt. Sollte jedoch demjenigen, der das Kleinod entwendet, dieser selbige Ring vom Finger fallen, ehe er, wie er dazu verpflichtet, ihn dem Heiligen um die nächste Mitternacht zurückgab, so ereilte ihn ein großes Unglück.

Mitternacht war's, und Totenstille herrschte, das Mondlicht spielte um den Dachfirst und flimmerte in den tief eingesunkenen Fenstern des Schlosses. Schwarz und dicht, fast wie ein

Bahrtuch breitete sich der Schatten des mächtigen Baues über die Erde. Im Garten drunten schluchzten die Nachtigallen in den blühenden Linden, ein unheimlicher Unkenruf unterbrach zuweilen ihr liebliches Lied. Da glitt eine schlanke Gestalt leise durch die widerhallenden Gänge des Schlosses, die Gestalt eines liebeskranken Mägdleins. Zuweilen hielt sie horchend inne und legte die Hand auf die Brust. Eine unbestimmte Gespensterfurcht durchfröstelte sie. Nun trat sie durch den hohen Saal, an den die Schlosskapelle stieß. Sie öffnete die schwere mit eisernen Rosetten und Bändern verzierte Tür der Kapelle. Das Mondlicht glitt durch die gemalten Fenster und malte phantastische Trugbilder zwischen die braunen Kirchenstühle. Zwei lange, schillernde Lichtstreifen durchschnitten die Schatten, welche über den Marmor des Fußbodens sich ausbreiteten.

Über dem Altar hing eine Madonna mit zu dünnen Armen und zu langem Hals, wie die naive Unbeholfenheit der »Primitiven« sie darzustellen liebte. Vor ihr kniete Blanche nieder, lispelte ein Vaterunser und ein Ave, dann wendet sie sich zu dem Heiligen, der steif und selbstgefällig von seinem Piedestal herunter blickte, nahm seinen Ring und steckte ihn an ihren Finger.

Da hörte sie draußen ein leises Geräusch, eine irre Angst überkam sie plötzlich, eine vage, peinlich unbestimmte Angst vor allen geheimnisvollen Unheimlichkeiten der Nacht. Ganz außer sich enteilte sie der Kapelle. In ihrer maßlosen Verwirrung stürzte sie beinahe in die Arme eines Mannes, der ihr in dem anstoßenden Saale entgegentrat.

So leise sie auch die Gänge durchschritten, einer hatte sie doch gehört, Henri de Lancy, an dessen Gemach ihr Weg vorüberführte.

Nun stand er vor ihr, und seine blauen Augen glänzten durch die helle Dämmerung, und sein Lächeln neigte sich zu ihr nieder. Sie fuhr vor ihm zurück, aber sie floh nicht, sondern blieb stehen, wie von einem bösen Zauber gebannt; als er jedoch ihre Hand ergriff, wollte sie sich losmachen; er hielt sie fest: »Bleibt, nur ein Weilchen, ich bitte Euch, ich habe Euch so viel zu sagen«, murmelte er.

»Lasst mich! Lasst mich!« rief sie beklommen.

»Nur einen Augenblick", flehte er, »Ihr seid mir immer ausgewichen, konnt' Euch's noch gar nicht sagen – aber Ihr wisst es ja längst, wie unendlich ich Euch liebe!«

Er beugte sich über sie – sie bebte wie ein zartes Röslein, mit dem der Frühlingswind spielt. Sie dachte an den Ring des Heiligen, den sie am Finger trug, daran, dass sie den Himmel um Henri de Lancys Liebe gebeten. Sollte ihr so schnell Erhörung werden? O maßloses Glück, o nie geahnte Seligkeit!

Und dennoch ...

Es war so still – so spät! »Lasst mich, lasst mich", murmelte sie, »wartet, ich muss Gottfried fragen.«

»Und glaubt Ihr, dass der es besser wissen wird als Ihr selbst, ob Ihr mich liebt?«

Er legte den Arm um sie – schon schwebte sein Kuss über ihre Lippen – da – die Tür ward aufgerissen, mit wutverzerrtem Antlitz und gezücktem Dolch stürzte sich Gottfried auf de Lancy. »Feiger Verräter!« herrschte er ihn an, während Blanche einen heiseren Angstschrei ausstieß und die Arme schützend vor dem Geliebten ausstreckte.

Wehe! In diesem Augenblick glitt ihr der Wunderring vom Finger.

* * *

Zornig grollende Männerstimmen hallten durch das Schloss; dann wurde es still, sehr still.

Draußen stöhnten die Unken, die Tautropfen raschelten in den Blättern, die Nachtigall war verstummt. In einsamer Kammer saß ein bleiches trauriges Mägdlein, trostlos und tränenlos, und als der Morgen graute, stürmte ein finsterer Reiter aus dem Schloss.

* * *

Damals, im Anfang des sechzehnten Jahrhunderts, kurz nach der Schlacht von Marignano und dem Erwachen in Wittenberg, da brütete eine schwüle Gewitteratmosphäre über der Welt, und Gedanken und Empfindungen der Menschen schäumten und wucherten mit jener tollen Üppigkeit, die Gewitteratmosphären befördern.

König Franz hatte aus seinem Aufenthalt in Italien und von seiner Zusammenkunft mit Papst Leo einen geläuterten Kunstgeschmack und eine raffinierte Sittenverderbnis in die Heimat mitgebracht. Sein Hof wurde eine Freistätte edler Kunst und ein Tummelplatz wüster Schwelgerei. Nicht nur seiner hohen Stellung wegen, sondern auch, weil er inmitten seiner zuchtlosesten Streiche sich das Prestige großmütigster Ritterlichkeit bewahrte, wirkte sein Beispiel geradezu zwingend auf die gesamte Jugend von Frankreich.

Es war in der Glanzperiode des königlichen Leichtsinns und des königlichen Glücks, da Henris liederlicher Lebenslauf durch das obenerzählte fromme Intermezzo von Montalme unterbrochen ward, die Zeit, in der König Franz seine edle Gattin, die gute Königin Claude, recht schnöde vernachlässigend, an der Spitze einer lustigen Gesellschaft der ritterlichsten Männer und der schönsten Frauen Frankreichs von Stadt zu Stadt, von Schloss zu Schloss, von Wald zu Wald zog – von lustigem Hundegebell und Hörnerklang umtönt – sich im Sommer zu glänzendem Gelage auf blumenbesternter Wiese oder moosigem Waldgrund niederlassend, im Winter unter juchzendem Jubel Schlösser mit Schneeballen belagernd.

Bald da, bald dort tauchte er auf wie eine Vision, wie ein Märchen, wie das Glück. Wo man ihn zu finden hoffte, war er soeben verschwunden, wo man ihn nicht erwartete, erschien er. Seinen mit den Regierungsangelegenheiten betrauten Verwandten und auch den Gesandten fremder Länder bereitete er durch seinen unsteten Wohnsitz vielfache Verlegenheit. Während ihnen die ernstesten Probleme den Kopf verwirrten, abenteuerte er mit seinen Rittern und der »petite bande« in der Landschaft umher, und wenn man ihn brauchte, war er niemals zu finden.

Es war ebenso schwer, von dem Leichtsinn des königlichen Hofes, wenn man nun schon einmal in dessen Mitte lebte, nicht angesteckt zu werden, als seine Gesundheit in einem Pestlazarett intakt zu bewahren. Dazu hätte man ganz eigenartig organisiert sein müssen, und Henri de Lancy war nicht eigenartig organisiert.

* * *

Wochen vergingen. Immer langsamer schleppte sich die Zeit durch die drückende Stille von Montalme. Die zaghafte Hoffnung der armen Blanche löste sich in heiße fiebrige Unruhe auf, welche langsam zu kalter Verzweiflung erstarrte.

Blanche wurde blässer und blässer, müder und müder, ihr Gang schleppend, ihre Rede unzusammenhängend und zerstreut. Das Köpfchen leicht vorgestreckt, die Lippen halb geöffnet, den Blick ins Weite gerichtet, horchte und spähte sie – umsonst! Er kam nicht, und niemand kam, der ihr Kunde von ihm gebracht hätte. Einstens, da Gottfried, der sie nicht gern aus den Augen ließ in dieser bösen, bösen Zeit, sie lange vergeblich in Schloss und Garten gesucht, stieg er, von einer eifersüchtigen Ahnung geleitet, in das Turmzimmer empor, das de Lancy bewohnt. Durch die nur halbgeschlossene Tür erschaute er Blanche. Sie saß zu Füßen des Lagers, auf dem de Lancy von seinen Wunden gesundet; sie lächelte – dann zitterte es von ihren unschuldigen Lippen:

»Si tu veux m'apaiser,
Redonne-moy la vie
Par l'esprit d'un baiser –«

Sein verwegenes Liebesliedchen. Sie träumte!

Die ganzen Nächte über saß sie schlaflos aufrecht in ihrem Bettchen und murmelte oder sang leise vor sich hin. Manchmal tönte jetzt durch die Nachtstille ein rascher Hufschlag an ihrem Fenster vorüber. Wer konnte der Reiter sein, der es so eilig hatte an Montalme vorbei?

Eine Person gab es doch noch in dem Schlosse, deren Glaube an de Lancys Treue felsenfest blieb. Das war die Dame Isabella. Täglich erfand sie neue Entschuldigungen für Henris langes Ausbleiben, täglich putzte sie sich in Erwartung seiner Wiederkehr. Stundenlang knickste und grinste sie vor dem Spiegel, übte sich Reverenzen ein für den Hof.

Einmal, da Blanche, die Hände im Schoße, vor sich hin brütete, stürzte die Tante Isabella zu ihr: »Blanche! Blanche! Schnell, die königliche Jagd zieht vorbei!«

Da erzitterte Blanche, unter dem königlichen Gefolge musste auch er sein. Sie trat ans Fenster.

Einer golddurchwirkten Gewitterwolke gleich wirbelte der Jagdzug näher aus der Ferne. Hörnerklang und hurtiger Hufschlag durchschütterte die Luft. Näher kam der Zug, deutlich konnte man schon die kostbare Gewandung der Damen wahrnehmen, und auch der Herren, von denen eine alte Chronik der Zeit nicht umsonst erzählte, dass einige unter ihnen damals ihre Äcker und Schlösser auf den Schultern trugen.

Einem Schwarm glänzender Paradiesvögel gleich flatterten sie vorüber. Blanche steckte das Köpfchen vor – da war er, unter den Ersten einer!

Er blickte nicht einmal empor. Wie ein Sturmwind raste er vorbei, das Antlitz einem blonden Edelfräulein zugewandt, und sah gar schmuck aus und stolz. Blanche fuhr zurück. Was hätte das glänzende Getümmel sie weiter noch interessieren sollen! Dame Isabella jedoch verharrte beim Fenster und grinste und grüßte mit aller Macht herunter, sodass der großartige Kopfputz auf ihrem Haupte possierlich wackelte.

Nun nahte der König auf einem milchweißen, mit goldgesticktem scharlachrotem Sammet aufgezäumten Pferd. Er blickte hinauf. Er erinnerte sich einer gewissen kurzweiligen Beschreibung, die de Lancy, an den Hof zurückgekehrt und von den Damen neugierig über das Abenteuer, welches ihn solange ferngehalten, befragt, denselben von einer würdigen alten Vogelscheuche gemacht, die in Montalme seine Wunden gepflegt. Die Existenz des holdseligen Mägdeleins Blanche hatte de Lancy ratsam gefunden, völlig zu verschweigen. Ein Lächeln verbeißend, erwiderte Franz nicht ohne schelmische Übertreibung der Dame Isabella Gruß und wandte sich dann flüsternd an seine Nachbarin; nun blickte auch diese empor und grüßte ihrerseits, der ganze Zug hielt einen Augenblick an, um das selbstzufrieden alte Ungetüm zu mustern. Aber nicht alle besaßen die liebenswürdige Courtoisie, welche den König selbst in seinen ausgelassensten Unarten auszeichnete. Eine der Damen lächelte, die zweite lachte. Wie ein Funken auf eine Tonne Pulver, so wirkte dieses Lachen auf den Zündstoff der zurückgehaltenen Heiterkeit, die nun mit einem Male explodierte.

So ausdrucksvoll waren die Blicke, so herzlich das Lachen der Reiterinnen, dass sogar die selbstbewusste Isabella sich ob des Grundes dieser Heiterkeit keiner Täuschung hinzugeben vermochte. Beschämt versteckte sie sich, und der Jagdzug sprengte vorbei. Noch aus der Ferne hörte man das Girren und Schluchzen der Lachenden.

Maßloser Zorn schüttelte die Dame Isabella. »Sie haben über mich gelacht, sie haben mit Fingern auf mich gedeutet!« rief sie ein über das andere Mal, wobei ihre üppige Korpulenz und besonders ihr doppeltes Kinn erstaunlich zitterte; und ihrer ehemaligen Bewunderung des Hofes völlig vergessend, setzte sie hinzu: »Das zuchtlose Gesindel, die niederträchtigen Weiber!«

Blanche, die wie betäubt, die Ellenbogen in den Händen, vor sich hinstarrte, dachte: »Vielleicht lacht er über mich auch!« Sie dachte diese Worte laut, wie es überhaupt seit ihrer großen Betrübnis nun oft geschah, dass sie, in ihr Leid und ihre Sehnsucht vertieft, ganze Sätze vor sich hin sprach.

»Das kannst Du mir glauben", keifte die Dame Isabella sie an und rauschte von dannen, um den ungefälligen Kopfputz, der, wie sie dank der Kleidung der vorüberreitenden Damen gemerkt, mit den herrschenden Moden im allerschreiendsten Widerspruche stand, ein für alle Mal abzulegen. Sie erinnerte sich dessen ganz wohl, wie Henri de Lancy diesen selben Kopfputz gelobt. Sie wusste nun, dass er sie zum besten gehabt, und ein wilder Groll zerbiss ihr Herz!

* * *

Es fügte sich, dass den Tag nach diesem Frau Isabella so bittern Ärgernis ein Paar Bettelmönche in dem Schlosse vorsprachen. Die Dame Isabella ließ diese barfüßigen Märtyrer zu sich hinaufgeleiten und bewirtete sie eigenhändig aufs Huldvollste, erstens, weil sie fromm war, und zweitens, weil diese wandernden Mönche damals eine Art von lebendiger Zeitung ausmachten, sintemal sich ihnen auf ihren Streifzügen gar mancherlei zu beobachten Gelegenheit bot. So wusste dann die Dame bald über all' den lustigen Frevel, den der König mit seinen Genossen und Genossinnen trieb, den genauesten Bescheid, und da sie sich nach den Sitten des schönen de Lancy besonders erkundigte, so erfuhr sie, dass er, unter all' dem zuchtlosen vornehmen Gelichter der Zuchtlosesten einer, nicht nur dem allerhöchsten königlichen Beispiel folgend, zu mehreren – der Mönch übertrieb vielleicht ein wenig, weil er bemerkte, wie sehr diese Mitteilung seiner Zuhörerin gefiel – der Edelfräulein in sträflichen Beziehungen stehe, sondern auch seit Kurzem ein Verhältnis mit der Gräfin von Sologne unterhalte, die er, da sie von ihrem Gatten eifersüchtigst behütet werde, des Nachts heimlich aufsuche. Es würde, schloss der das Wort führende Mönch, ihn nicht wundernehmen, wenn die Schlossdame den leichtsinnige Ritter des Nachts vorüberreiten gehört, denn der kürzeste Weg nach Lacmort, dem Stammsitze derer von Sologne, führe ja an Montalme vorbei.

Wir können dessen versichert sein, dass die Dame Isabella den beiden Mönchen nach dieser köstlichen Mitteilung eine sehr reiche Geldspende auf den Weg mitgab. Im Besitze ihres herrlichen Wissens schwelgend, konnte sie nicht schnell genug damit herausplatzen, und da sie Blanche gerade ihrem allezeit um ihre Zerstreuung bemühten Oheim gegenüber beim Schachbrett antraf, begann sie sogleich zu erzählen. Die Zeiten waren nicht prüde, und wenn man auch noch hie und da um die Unschuld eines jungen Mägdleins sorgte, so schonte man doch bei demselben keineswegs jene holdselige Unwissenheit, die man heutzutage als eine besondere Anmut heilighält.

Die Dame Isabella berichtete aufs Ausführlichste alles, was sie wusste von den Schändlichkeiten, die sich stündlich im Schlosse von Amboise zutrugen, und von der ausgezeichneten Verworfenheit Henri de Lancys. Sie erzählte von der neuen Liebschaft, die er erst kürzlich eingefädelt, nach seinem Aufenthalt in Montalme.

Umsonst suchte Gottfried sie durch finstere Blicke zum Schweigen zu bewegen; sie erzählte weiter und riet Blanche, sich zu freuen, dass sie der Gefahr entronnen, dieses Bösewichts Gattin zu werden. Blanche saß da gerade und stumm und schob die Elfenbeinfigürchen mit bedächtiger Langsamkeit über das Brett. Dass sie dabei den Turm die kapriziösen Sprünge des Rösschens ausführen ließ, merkte Isabella nicht.

Als aber Letztere damit schloss, man müsse de Lancy nächtlich reiten hören, da der Weg zu seiner Geliebten an Montalme vorüberführe, da vernahm man plötzlich ein leichtes Zusammenschauern, wie das eines durchs Herz geschossenen Vögelchens, das aus dem Himmel fällt.

Blanche war ohnmächtig zusammengesunken.

»Grausames Weib", fuhr Gottfried seine Base an, »musstet Ihr reden? – Ich konnte schweigen!«

Er wusste von Henris Treubruch längst!

* * *

Die Ohnmacht dauerte nicht lange, das Bewusstsein kehrte wieder und mit ihm die Erinnerung und der Schmerz. Blanche sehnte sich nach der Ohnmacht zurück – umsonst. Nicht einmal beruhigenden Schlaf gönnte ihr der Himmel. Die ganze Nacht lag sie wach in fieberndem Lauschen. Aber es blieb still, die erste und die zweite Nacht – totenstill!

Als ob sie Blei in den sonst so flinken Füßchen hätte, so schleppte sie sich aus einem Gemach in das andere. Meist aber saß sie steif aufrecht, die Hände im Schoß, und starrte mit gläsernen Augen vor sich hin. – Der dritte Tag nahte seinem Ende. Da trat Gottfried zu ihr, und sich neben sie setzend, fragte er nach ihrer Gesundheit. Sie erwiderte ihm, es fehle ihr nichts. Dabei jedoch schmiegte sie sich an ihn wie ein recht krankes Kind; und er, der sonst ihre unschuldigen Liebkosungen nicht ohne eine gewisse Gereiztheit abgewehrt, legte jetzt den Arm um ihren schlanken Leib und bettete ihr Köpfchen zärtlich an seine Schulter; er dachte nicht mehr an seinen Schmerz, nur noch an den ihren.

Sie bat ihn um eine Geschichte, wie ein fieberndes Kind um ein Wiegenlied bittet.

Er hatte ihr sonst gar viel erzählt, aber von all' seinen Erzählungen waren ihr die über seine eigenen Erlebnisse und Beobachtungen die liebsten gewesen. Darum fragte er auch jetzt: »Eine wahre Geschichte, mein Kleinod?«

Sie aber schauderte. »Nein, nein! Ein Märchen, mein Oheim. Ich bitt' Euch darum!«

Sinnend fuhr er mit der Hand über seine gefurchte Stirn. Es fiel ihm gerade nur ein einziges Märchen ein, und das hatte ihm ein irrsinniger Mönch, auf den Stufen einer mailändischen Kirche kauernd, erzählt. Mit leise zitternder Stimme begann er:

»Es geschieht manchmal, dass inmitten der eintönigen Seligkeit des Himmels ein Engel sich heruntersehnt auf die Erde, die ihm im verklärenden Licht der Ferne gar begehrenswert erscheint. Dann öffnet auf unseres Herrgottes Geheiß St. Petrus die Himmelstür verdrießlich schmal, und der Engel schlüpft hinaus. Doch wie er sich auch abmüht und flatternd mit seinen Flügeln schlägt, die Flüglein ziehen ihn empor, und er kann nicht hinweg aus den Sphären sündloser Reinheit, die das Paradies umschweben. St. Petrus klirrt mit dem Schlüsselbunde, und noch einmal öffnet sich die Himmelstüre, und auf deren Schwelle tritt Jesus Christus, des allmächtigen Gottes ewig liebreicher, ewig mitleidiger Sohn, der sich in irdischen Dingen auskennt. Und wie der liebliche, ratlose Rebell ihm fragend das goldumschimmerte Köpfchen zuwendet, winkt er ihn lächelnd an sich heran und legt ihm ein kleines, warmes, pochendes Gewicht in die Brust. Hierauf sagt er: »Und nun versuch's!«

Siehe da! Wie jetzo den Engel seine Flügel auch emporhalten möchten, das kleine Gewicht, so Jesus Christus ihm in die Brust gelegt, zieht ihn hinab zur Erde; denn das Gewicht ist ein menschliches Herz! – Langsam, langsam schwebt er aus den Sphären nieder, bis er auf einer grünen Wiese landet. Dort versinkt er in tiefen, traumlosen Schlaf, und da er erwacht, hat er seine Flüglein verloren, seines himmlischen Ursprungs vergessen und ist ein Mensch geworden unter den Menschen, aber mit einer großen Sehnsucht nach heiliger Tugend und Reinheit in der Brust, von der er selbst nicht weiß, dass sie Heimweh nach dem Himmel bedeutet. Doch wie diese Sehnsucht ihn empor drängen möchte, sein Herz kettet ihn an die Erde fest, und nicht früher kann er in seine hohe und hehre Heimat zurückkehren, als bis ein großes, echtes Menschenleid ihm das Herz in der Brust zerbrochen. Dann gleitet unser Herr Jesus selbst auf die Erde nieder, den armen Rebellen zu holen, und trägt ihn auf seinen Armen ins Paradies zurück!«

Gottfried hielt inne. Einen Augenblick schwieg Blanche, dann seufzte sie: »Euer Märchen ist traurig, beinahe so traurig wie eine wahre Geschichte.«

Dem erwiderte Gottfried: »Es hat doch ein schönes Ende!«

Das traurige Mägdlein aber blieb stumm: und wie er in dessen verdüsterte Augen sah, merkte er wohl, dass darin ein Zweifel darüber schimmerte, ob uns die himmlische Seligkeit je entschädigen könne für das, was wir auf Erden gelitten und entbehrt!

Nach einem Weilchen hub Blanche an: »Ist der liebe Gott böse, wenn ein Engel sich auf die Erde nieder sehnt?«

»Nein!« murmelte Gottfried, »aber er ist traurig, sehr traurig!«

* * *

Zwei Nächte lang hatte sie nicht geschlafen. In der dritten schlief sie fest ein, denn sie war müde. Sie träumte, wie kranke Herzen in ihrer fiebernden Sehnsucht träumen, einen süßen, wundersüßen Traum.

Ihr war's, als begegne sie dem Geliebten im Garten. Ein wonniger Duft schwebte aus den Lindenkronen nieder, und laue grünliche Schatten dämmerten über der Erde, und die ganze Natur hielt wie in maßlosem Entzücken den Atem an, kein Lüftchen regte sich – und sie lag in seinen Armen liebebetäubt, und seine Lippen schlossen ihren Mund.

So träumte sie! Plötzlich aber schnellt sie empor, als habe man ihr mit einem eisernen Hammer aufs Herz geschlagen.

War das nicht ein Hufschlag, der die Nachtstille durchschütterte? In ihrem langen weißen Nachtgewand eilte sie an das Fenster.

Sie erkannte ihn; trotz der Eile seines Pferdes, trotz der verschleiernden Undeutlichkeit der Nacht. Sie beugte sich weit über die Fensterbrüstung und streckte die Arme aus; eine schreckliche Sehnsucht verwirrte ihren Sinn, und sie sang – armes Kind! – ohne mehr zu wissen, was die Worte in ihrem Mund bedeuteten, sang sie ein böses, dreistes Liedchen:

> »Si tu veux m'apaiser,
> Redonne-moy la vie
> Par l'esprit d'un baiser

> * * *

> Heureux sera le jour
> Quand je mourray d'amour! –«

Stärker und stärker schwoll ihre Stimme an. Durchdringend wie ein Angstgeschrei und doch erfüllt von einer gar mächtigen Süßigkeit klang das Lied durch die schwüle Nachtstille. Es schlug an das Ohr des Reiters. Er zügelte die Eile seines Pferdes, sah sich um – dann aber gab er dem Rosse die Sporen, dass es wild sich aufbäumte, und sauste mit verhängtem Zügel von dannen.

Sie beugte sich vor. – »Plus d'espoir!« röchelte sie. Ihr Herz war so schwer, so schwer! Unter ihr breitete sich reiner Tau silberschimmernd über einem himmelblauen Feld, von dem aus ihr die Engel zuriefen: »Kühle Ruh – kühle Ruh!«

Sie beugte sich vor – vor! Dann stürzte sie viele Klafter tief in den Wallgraben hinab!

Die im Schlosse hörten den schweren Fall, und sie eilten hinaus mit Fackeln, um zu sehen, was es gegeben! – Da unten schimmerte etwas Weißes, wie eine Blüte, die der Sturm gebrochen. – Sie stiegen hinab. Das Licht der Kienfackeln spielte über ein blass liebliches Gesicht, das im Tode lächelte! Sie war nicht entstellt und, o Wunder, nicht ein Stäubchen, nicht ein Flecken

Schmutz oder Erde schimmerte auf ihrem weißen Gewand, obwohl sie zwischen die im Schlamme wuchernden Pflanzen gefallen. In makelloser Reinheit schmiegten sich die weißen Falten um ihre edlen Glieder!

Und als die Leute dies sahen, staunten sie über das Wunder.

Da drängte sich einer durch sie hindurch, tottenblass und mit verzerrtem Antlitz – Henri de Lancy!

Gottfried aber wehrte ihn kalt von dem toten Mägdlein ab.

Recht zärtlich hob der alte Kriegsmann die liebliche Leiche in seinen Armen empor und murmelte: »Ihr Herz ist gebrochen – sie ist erlöst!«

* * *

Es war eine grauenvolle Zeit – eine Zeit, worin sich die »edelste Blüte des verklärten Hellenismus« gegen einen Hintergrund von Schlachten und Orgien und Kanzelreden abhebt. – Lorenzo von Medicis als Nonne verkleidet an der Spitze der Karnevalsbacchanalien durch die Straßen von Florenz hetzte, Benvenuto seine Feinde an Straßenecken erdolchte, Papst Leo bei einem Kardinalssouper der Göttin der Liebe auf weißem Marmoraltar ein Taubenopfer darbrachte und seinem Liebling Raffael den Kardinalshut für die Quittierung von dessen Rechnungen antrug; aber auch eine Zeit, in der Rabelais inmitten seiner unflätigsten Rhapsodien die wundervolle Idylle der »Abtei von Telema« schuf, Fra Angelico seine Christusbilder auf den Knien malte, und der Triumphzug eines Kaisers in einem Kloster endigte!

Eine rätselreiche Zeit! – und unter den vielen Rätseln, die in ihr lebten, war ein stiller, trauriger Mönch, von dem seine Klosterbrüder behaupteten, dass er einst ein gar wüstes Leben geführt, und der jetzo der fanatischste unter den Fanatikern war.

Und während König Franz, mit sich selbst und der Welt zerfallen, noch bis an sein Ende den äußeren Schein eines prunkenden Leichtsinns aufrecht zu erhalten trachtete, in der Pflege der Kunst einen neuen Ruhm, in den Schmeicheleien der Herzogin von Etampes Ersatz für sein gebrochenes Selbstgefühl, in der oft fiktiven, immer kriechend hervorgehobenen Krüppelhaftigkeit seiner männlichen Umgebung Trost für den Verlust seiner eigenen durch schnödes Siechtum zerstörten Schönheit suchte, arbeitete jener Mönch jede Stunde lang, die ihm die kärgliche Befriedigung seiner physischen Bedürfnisse und die fanatische Erfüllung seiner Klosterpflichten übrig ließ, an einem und demselben Werk, einem holden Mädchenkopf, den er mit seinen schlanken, verweichlichten Höflingshänden nach einer Totenmaske aus Wachs formte und immer wieder umformte und nie zu seiner eigenen Befriedigung beenden konnte. Entmutigt zerstörte er an jedem Tage die Arbeit des vorhergehenden, bis endlich in seinem allerletzten Lebensjahr er ruhiger ward, und nun unter seinen rastlosen Händen ein holdseliger Mädchenkopf entstand, mit einem süßen sinnigen Gesichtsausdruck, leicht vorgebeugt, wie einem maßlosen Glücke entgegenlauschend und dennoch von der Ahnung eines großen Schmerzes gedrückt!

Und er arbeitete an dem Kopfe, auf den Knien wie Fra Angelico an seinen schwärmerischen Heiligenbildern, und er färbte ihn gar schön mit rötlich braunem Haar und blassrot angehauchten Wänglein, nie jedoch so, dass er dem eines lebendigen Mägdleins, sondern nur dem einer lieblichen jungen Leiche glich – und da er ihn beendet, lächelte er und starb.

***

Nach langen Irrfahrten hat die Büste eine Heimstätte gefunden in dem Museum von Lille. Voll träumerischer Schwermut steht sie in ihrem gläsernen Schrein, verratener Liebe zur Sühne und schwerer Buße zur Erinnerung. Wie die Verkörperung einer alten Legende mutet sie uns an und scheint zu sagen: »Eine Träne für Blanche von Montalme; für Henri de Lancy – ein Gebet!«

Memento mori

A la
marchesa Maurizio Cavalotti

I.

»Es ist sonderbar, dass man in vorgerücktem Alter seine Tugenden oft so viel mehr bereut als seine Sünden – das kommt daher, weil man die Sünden durch die Buße auslöschen kann – die Tugend aber durch nichts!«

Dieses verblüffende Paradoxon hörte ich an einem Herbstnachmittag in Paris vor dem Café Tortoni. – Ich sah mich um, erblickte einen Mann mit einem leichenhaft blassen Gesicht, einer mächtigen, nachlässig gebückten Gestalt, breiten, runden Schultern und leicht behaarten, schmalen, nervigen Händen. Auf den ersten Blick gab ich ihm sechzig Jahre, dann kaum vierzig. Er trug einen weiten, struppigen Paletot, zu kurze Beinkleider, zu lange Haare, einen schlecht gebürsteten Zylinder und nachlässigen Hemdkragen. Seine Stimme klang eigentümlich weich, leicht singend, seine Betonung war monoton gleichgültig, die Artikulation deutlich, zu deutlich für einen geborenen Franzosen, die »r« sehr scharf.

»Ein Russe«, sagte ich mir und dachte dabei, dass er sich auf seine alten Tage nicht allzu viel Tugenden zu verzeihen haben würde.

Ich hatte recht – es war der Fürst Wladimir Alexandrowitsch Suworin – man sagte es mir ein paar Minuten später und setzte zugleich hinzu: »ein Mann nicht ohne Geist, aber mit einer conduite déplorable!«

Ich hörte kaum. Suworin fesselte meine Aufmerksamkeit. Er saß, den Arm über seiner Stuhllehne, die Füße von sich gestreckt, inmitten einer Gruppe von Männern, von denen der eine besonders das große Wort führte – ein kleines, mageres, sehr sorgfältig gekleidetes Individuum. »Ebenfalls ein Russe«, sagte man mir. Ich hätte das seiner kosmopolitisch faden Physiognomie nicht abgelesen.

Für mich hätte er ebenso irgendein Bürokrat sein können oder ein französischer Coiffeur, der viel mit der Aristokratie umgegangen wäre.

»Was Sie da sagen, ist eine Blasphemie«, rief er in einer hohen banalen Stimme und streckte seinen langen, mit einem großen Adamsapfel geschmückten Hals aus seinem tadellosen Hemdkragen hervor – »eine Blasphemie, und erlauben Sie mir, Wladimir Alexandrowitsch, es hat keinen Sinn! –«

»Um so besser für Sie, wenn Sie den Sinn nicht verstehen, Valerian Valerianowitsch", erwiderte Suworin gelassen, stand gähnend auf und verließ die Gesellschaft.

Der kleine Valerian Valerianowitsch Borgilow sah ihm triumphierend nach.

»Man muss ihm nur entgegen zu treten wissen, diesem Ketzer, dann schweigt er.«

»Ja", rief ein lustiger Franzose, »wenn man Suworin los werden will, braucht man ihn nur zu langweilen.«

Unterdessen promenierte der Besprochene langsam über den Boulevard – den Kopf vorgeschoben, die rechte Schulter beim Ohr, die Füße hinter sich herschleppend. Er gaffte allen Damen unter den Hut mit großartig impertinenter Gelassenheit und – ohne eine Spur von wirklichem Interesse. Bisweilen starrte er ein Ladenfenster an.

Meine Beschäftigung rief mich von Tortoni hinweg. Drei Stunden später sah ich Suworin noch immer am Boulevard.

II.

Man nannte ihn den Schutzheiligen von Mabille, kurzweg Saint Mabille, weil er jahrelang der regelmäßigste Besucher dieses Instituts war; man nannte ihn auch den Boulevard Sardanapal, weil er mit so majestätischer Gleichgültigkeit von seinem Blechstuhl vor Tortoni aus dem allmählichen Weltuntergang zusah. Am häufigsten aber nannte man ihn: »Memento mori!«, weil er durch das wilde Jubeltreiben von Paris schlich, wie ein Gespenst gestorbener Lust, wie ein lebendiges Memento mori aller Jugendillusionen und Freuden.

Er war der eingefleischteste Bummler, der mir je vorgekommen; man sah ihn in allen Theatern, auf allen Maskenbällen und jeden Nachmittag am Boulevard.

Seine große gebückte Gestalt, seine schlotternde Vagabundentoilette, seine langen Haare und sein struppiger, immer nach rückwärts aufgesetzter, Zylinder fielen von Weitem auf inmitten der geschniegelten, elegant schlanken Pariser. Stundenlang ging er zwischen dem Capucines- und dem Madeleine-Boulevard auf und nieder. Immer die Hände in den Taschen, die Schulter beim Ohr, immer mit derselben beharrlichen Rücksichtslosigkeit allen Damen ins Gesicht starrend.

Manchmal sah ich ihn vor den Türen der Konzertsäle das Publikum beim Ausgang erwartend, oder vor der Madeleine nach der eleganten Mittagsmesse.

Ich muss gestehen, dass mir dies für einen Mann von dem Alter, das ich ihm ansah, und der Intelligenz, die ich ihm zumutete, eine sonderbare Beschäftigung schien.

Wo ich ihn sah, ob in Mabille oder in der Welt, ob im Theater oder am Boulevard – er hatte immer dasselbe müde Leichengesicht – ein Christusgesicht – zart geschnitten und bis auf die zu breiten Backenknochen, ideal regelmäßig, von einem schwarzen Vollbart und langen, über der Stirn gescheitelten Haaren umrahmt.

Ein Christusgesicht – welches das Schicksal durch den tiefsten Erdenschlamm gezogen!

III.

Was zog mich so sehr zu ihm? ... Sein Blick, sein ergreifender, halb gebrochener Blick, und dann sein Lachen. Das zerschnitt mir, als ich's das erste Mal hörte, die Seele. Es klang so frisch und weich, wie das eines Studenten, und passte gar nicht zu seinem kränklichen weltverdorbenen Äußern.

Ich lernte ihn kennen, und wir wurden viel miteinander gesehen.

Die Welt sagte, er habe sich mit mir befreundet. Das war falsch, er ging nur mit mir um; immer liebenswürdig, nie herzlich, allezeit bereit, mir selbst auf Kosten einer persönlichen Unbequemlichkeit einen Dienst zu erweisen – ohne mehr Sympathie für mich als für seinen Portier.

Hatte er noch einen Freund, noch eine Liebe, ja nur eine Liebhaberei auf Erden? ...

Nein! Kaum ein Vorurteil und nur drei Antipathien: geistreiche Frauen, Hunde und Musik.

IV.

Ich habe nie einen unterhaltenderen Plauderer gekannt als Suworin, und keinen beleseneren.

Seine Neider behaupteten, er bereite sich, ehe er unter Leute gehe, auf seine Konversation vor. – Eine erbärmliche Erfindung. Ihm lag zu wenig an der Meinung der Menschen, um sich vor ihnen zu verstellen.

Seine Misanthropie und sein Cynismus suchten ihresgleichen; doch verletzten beide Eigenschaften weniger bei ihm als bei anderen Menschen, weil sie nichts Gekünsteltes und nichts Selbstzufriedenes hatten.

Seine Persönlichkeit bildete einen Lieblingsgesprächsstoff der Damen in der Gesellschaft. Sie hassten ihn!

Was sie ihm übelnahmen, war nicht die Unregelmäßigkeit seiner Lebensweise, sondern ... die empörende Banalität seiner Intrigen. Er hatte noch nie eine Dame aus der Gesellschaft kompromittiert.

V.

Es war im März. Die Schatten auf den Boulevards wurden schwarz und dicht, das Licht weiß und grell. Die Luft war weich wie eine Liebkosung, und ganz Paris durchzittert von einem süßen Veilchengeruch.

Eine Sintflut von Fremden überschwemmte die Hotels; die Pariser klagten wie alle Jahre mit charakteristischer Undankbarkeit darüber, dass die geschmacklosen Ausländerinnen ihnen die Boulevards verdürben.

Laut enthusiastische Wienerinnen standen solange vor dem Lederparadies Kleins, als seien sie bloß nach Paris gekommen, um Wiener Leder zu bewundern – und ganze Familien sächsischer Reisender, reich an blumenhaft unschuldigen Töchtern, saßen mitten zwischen den geschminkten Sirenen vor den Cafés und aßen Eis.

Suworin war verschwunden!

Er hatte sich in seine Wohnung eingesperrt und ließ Niemand vor.

»Er meidet die Boulevards, weil die vielen geschmacklosen Ausländerinnen seinen Schönheitssinn verletzen!« sagte ein Pariser Geck aus Suworins Gesellschaft im Café Anglais. Dieser schlechte Witz erfuhr natürlich keine Beachtung.

Ein junger Idealist brachte vor, Suworin leide an periodischem Herzschmerz – und kämpfe jedes Frühjahr die Erinnerungen an eine längst zugrunde gegangene Liebe nieder.

Dieser poetischen Supposition wurde die Verachtung zu teil, welche dieselbe verdiente.

Ein Dritter erzählte, Suworin habe jedes Frühjahr Anfälle von Geistesstörung. Man höre ihn durch die geschlossenen Fensterläden bis auf die Straße hinunter bellen und heulen.

Diese Behauptung hatte etwas für sich. Das Café Anglais wanderte aus, um Suworin Fensterparaden zu machen, um ihn bellen zu hören.

Mau hörte nichts.

Man fragte seinen Arzt. Dieser fuhr sich gleichgültig mit der Hand über die glattrasierte Oberlippe und sagte: »Suworin habe eine Bronchitis.« – Das Café Anglais zog verdrießlich die Mundwinkel herunter und die Augenbrauen hinauf und vergaß Suworin.

VI.

Eines Tages kam ich zufällig an seiner Wohnung in der Avenue Montaigne vorbei, blieb davor stehen und überlegte nachdenklich: »Nun, an der Tür zu klingeln, ist keine große Mühe, und abgewiesen zu werden, wo schon so viele Andere abgewiesen worden, keine persönliche Schmach!«

Ich klingelte, man ließ mich vor.

Suworin lebte, obzwar er Paris seit fünfzehn Jahren nicht verlassen, in einem Garni – das eintönig mit verschossenem gelben Damast möbliert war. Japanische Raritäten standen kunterbunt umher, und dennoch zeigte sich überall eine beinahe herausfordernde Geschmacklosigkeit. Er hatte weder mehr Anhänglichkeit noch Pietät für seine Wohnung als Diogenes für sein Fass.

Heute lag er, möglichst nahe an den Kamin gerückt, mit geschlossenen Augen in einem Riesenfauteuil, und sah so grün aus inmitten seiner gelben Umgebung, dass ich erschrak, obgleich ich an die Leichenhaftigkeit seines Äußeren gewöhnt war.

Ich atmete auf, als er die Augen öffnend mir die Hand reichte und fragte: »Wie geht's? Steht der Arc de Triomphe noch? Was macht der Boulevard?«

»Der Arc de Triomphe steht noch, und der Boulevard sehnt sich nach Ihnen.«

»Ich kann nicht ausgehen, die Frühlingsluft greift meine Nerven an", sagte er kurz und verfiel in brütendes Schweigen.

Seine Augen waren unruhig, seine Haare unordentlich.

»Vielleicht ist er wirklich unterwegs nach Charenton« – dachte ich.

Bisweilen überkam sein Gesicht ein Zug von schrecklicher Sehnsucht, dann murmelte er Unverständliches vor sich hin.

VII.

»Es ist eine traurige und entnervende Beschäftigung, in dem Kirchhof der Vergangenheit nach der Leiche eines längst gestorbenen Glücks zu graben. Suworin befasst sich damit", dachte ich einen Augenblick; im nächsten errötete ich darüber, so naiv gewesen zu sein wie der Idealist im Café Anglais.

Da langte Suworin nach einem Veilchenstrauß, der auf dem Kamin stand, und warf ihn zornig ins Feuer, dann sagte er, beide Hände auf den Knien, ohne Einleitung: »Wenn ich vor zwanzig Jahren gedacht hätte, ich würde so werden, wie ich bin – ich hätte ...«

Erstaunt betrachtete ich ihn.

»Hm", fuhr er fort, »alle jungen Laffen bewundern meinen absurden Cynismus und machen ihn nach, wie ihre Vorfahren Lord Byrons vagabundische Hemdkragen nachgemacht haben. Keiner ahnt, dass ich eigentlich ein ganz lächerlicher Romantiker bin! – – – Warum soll ich mir nicht gönnen, Ihnen dieses Geständnis abzulegen?« brummte er, die Achseln zuckend, weiter.

»Ça ne tire pas à conséquence, wenn Sie morgen im Café Anglais erzählen, dass Suworin ein Romantiker ist, so hält man Sie höchstens für einen Narren!« –

Es gibt – selbstverleugnende Philosophen mögen behaupten, was sie wollen – für keinen Menschen ein interessanteres Thema als sein eigenes Ich!

Suworin lieferte ein neues Beispiel davon.

»Was Sie für neugierige Augen machen", rief er spöttelnd. »Sie fragen nicht – Sie sind diskret, aber Sie möchten doch gerne wissen, wie ich so geworden bin – so unromantisch? Sie erwarten die Geschichte einer großen Enttäuschung. Unser Idealismus wird gewöhnlich sauer, weil etwas Schmutz hineingefallen ist; bei mir war dem nicht so. Ach! es ist eine uralte Geschichte, ich glaube selber nicht mehr daran! Oft kommt es mir fast vor, als wäre sie nicht mir, sondern einem andern passiert, und wenn ich sie heute in der Revue des Deux Mondes läse, würde ich sagen, sie sei schlecht erfunden.«

»Ich hatte ganz vergessen – wollen Sie nicht rauchen? – da haben Sie russischen Tabak – Sie ziehen ihn dem türkischen vor?«

Er legte sich in seinem Armstuhl zurück, die Hände auf die Seitenlehnen, und fing in seiner weichen, monotonen Stimme also zu erzählen an:

»Ich kann meinen Kopf hochhalten. Unter allen Taugenichtsen von Paris bin ich König. Dies ist um so verdienstvoller bei mir, als mir das Leben, welches ich führe, eigentlich gar kein Vergnügen macht. Vor zwanzig Jahren hätten mich alle diese petits crevés, die jetzt mit schmeichelhafter Genauigkeit meine Unarten nachahmen, nur mitleidig verachtet.

Ich liebte die Menschheit und verehrte die westliche Zivilisation. Ich glaubte an Gott, soweit es die Philosophen, und an das Glück, soweit es die Dichter erlauben. Ich hatte eine leidenschaftliche Vorliebe für Beethoven'sche Sonaten und Mondscheinspaziergänge und jammerte mit enthusiastischer Bitterkeit über die Fäulnis der russischen Zustände.

Natürlich schrieb ich Gedichte und schämte mich dessen: Ich war sehr gesund, und die Schwerfälligkeit, die man jetzt an mir als eine Art barbarischen Chics interessant findet, hatte damals entschieden etwas Bärenhaftes. Ich verschmähte zu tanzen, weil ich mich bei dieser Bewegung nicht graziös genug ausnahm, hatte viel von jener rührenden Demut der Intelligenz, die man Autoritätsglaube nennt – las gute Bücher und trug ein Bild meines im Krimkrieg gebliebenen Vaters um den Hals. Im Ganzen war ich ein etwas abgeschmackter, sehr guter Junge. Geld hatte ich immer genug und infolgedessen auch Freunde.

Dass ich trotz meiner tiefen Sympathie mit den allgemeinen Leiden der Menschheit ein ziemlich glückliches Individuum war, versteht sich von selbst.

Nur Eines störte mich manchmal, der Gedanke an meinen Großvater, der sich in einem deutschen »Irrenhaus mit humaner Behandlung« am Rhein aufhielt, wo er sich allen interessanten Experimenten der Ärzte zum Trotz weigerte, zu Verstand zu kommen.

Wenn der mir einfiel, so überrieselte mich stets eine kalte Angst. Ich tröstete mich mit dem Gedanken, dass mein Vater ein ganz vernünftiger Mensch gewesen, und meine Tante nur ein Original sei, im Übrigen mein Großvater sich seine geistige Indisposition durch zuviel kalte Dusche geholt. Auch dachte ich nicht gar zu oft an ihn, mochte ihm nur nicht in die Nähe kommen – fast als hätte ich die Ansteckung gefürchtet, und vermied es schon deshalb über die Grenze zu gehen.

Da – ich war gerade zweiundzwanzig Jahre alt und in vollem Sturm und Drang – schrieb man mir, mein Großvater sei geistig genesen, befinde sich aber im letzten Stadium körperlicher Hinfälligkeit, habe dabei gefühlvolle Anwandlungen und wünsche mich zu sehen.

Ich wünschte es durchaus nicht, ihn zu sehen – und ärgerte mich sogar nicht wenig darüber, dass er nicht lieber meinen Bruder, der sich indessen in Baden-Baden umhertrieb, an sein Krankenlager berufen. Nichtsdestoweniger machte ich mich auf die Reise, um seinem Verlangen zu willfahren – aus Aberglauben und Angst, mir späterhin Vorwürfe zu machen. Andere Leute nennen es Pflichtgefühl.

Ich kam in das »Irrenhaus mit humaner Behandlung« und besuchte meinen armen Großvater. Er erkannte mich – ich hätte ihn nie erkannt. Von dem schönen prächtigen Kosaken war nichts übrig geblieben, als ein verkrümmtes, mit schlaffer, gelber Haut überzogenes Gerippe, ein paar gelbgraue Haare, ein beständig murmelnder und geifernder Mund und ungeheure blicklose Augen.

Die Ärzte versicherten mich, er sei bei völlig nüchternem Verstand, was er auch sogleich bewies. Er warnte mich davor, zu viel grünes Obst zu essen, was meine Gewohnheit vor fünfzehn Jahren gewesen war, fasste mich mit zitternden Fingern beim Kopf, beschnüffelte mich, und sagte: »Du riechst nach Steppe« – erhob hierauf flehend die Hände und bat, ich möge ihn nur nicht schlagen: Endlich fiel er in seine Lage zurück, steckte die Daumen hinter die Zeigefinger, wimmerte eintönig wie ein Spinnrad vor sich hin und schlief ein.

Ich war noch weichherzig damals, und dieses Resultat der »humanen Behandlung« tat mir sehr weh. Da die Ärzte mir gestanden, dass es »nicht mehr lange dauern würde«, so wollte ich natürlich bei ihm bleiben bis zum Schluss.

Wenn er schlief, und er schlief – beständig dabei wimmernd – beinahe den ganzen Tag, so stieg ich hinunter in den Garten, setzte mich in den Schatten der großen Kastanienbäume und sah dem Treiben um mich zu.

Was mir am meisten an den etwa zwanzig Narren – lauter Narren aus guten Kreisen – auffiel, war ihre Hässlichkeit, die fratzenhaften Züge, die stieren, weißen Augen, die schlaffen oder krampfhaft verzerrten Glieder.

Ein paar arme Idioten abgerechnet, die bis auf ein Gefühl vager, erbärmlicher Angst völlig abgestumpft einherkrochen, hatten alle irgendeinen bunten Lappen an sich, mit dem sie sich liebevoll beschäftigten. Einige gingen stampfend und den Sand aufwirbelnd an mir vorbei und sahen mich aus zusammengekniffenen Augen stier und misstrauisch an, andere tänzelten vorbei und maßen mich mit vornehmer Verachtung. Alle hassten mich und wünschten doch meine Aufmerksamkeit zu erregen. Ihre verdrehten Augen ekelten mich an und magnetisierten mich zugleich.

Einer unter diesen Unglücklichen, ein magerer, gelblicher Mensch in einem blauen Frack von verschollener Mode und mit großen Berlocken auf dem Magen, ein Sonderling, der sich von seinen Gefährten vornehm abseits hielt, trat eines Tages zu mir, reichte mir die Hand und knüpfte ein Gespräch mit mir an, bei dem er mir in einem Atem auseinandersetzte, dass er der Talleyrand sei, dass er sich hier befinde, um Studien zu machen. – Es sei ein sehr angenehmer Ort, fuhr er fort, etwas einsam anfangs, aber daran gewöhne man sich – wie lange wolle ich bleiben? – Ich antwortete gereizt: »Ich habe gar nicht die Absicht zu bleiben« – worauf er mir mit einem feinen Lächeln erwiderte: »O, wir haben keiner die Absicht, zu bleiben, wenn wir herkommen. Sie sind mir sehr sympathisch, ich freue mich, Sie meinen Freunden vorzustellen«, setzte er hinzu.

Brr! – Des Nachts, während ich neben dem Bett meines Großvaters saß, sah ich beständig alle die stieren, weißen Augen und hörte die heiseren gebrochenen Uhustimmen – ich wiederholte mir einmal um das andere: »Wir haben keiner die Absicht, hier zu bleiben« ....

Endlich starb mein Großvater. – Der Sonderling sagte mir, als ich von ihm Abschied nahm: »Auf Wiedersehen!« Der Arzt sagte: »Schonen Sie sich!« Ich sah aus wie ein rekonvaleszenter Narr – ein Opfer der »humanen Behandlung«.

Ich war um zwanzig Pfund leichter geworden, meine Haut fahl und runzlig, meine Gelenke steif. Ich mied die Menschen, weil ich fürchtete, sie könnten mir ansehen, wo ich gewesen, stand stundenlang vor dem Spiegel, verglich mein Gesicht mit den Fratzen der Irren und sagte kleine sinnlose Sätze vor mich hin, um mich von dem natürlichen Klang meiner Stimme zu überzeugen.

Diese Experimente regten mich ungemein auf. Eines Tages verdrehte sich mein Blick, ich fühlte einen Druck, eine Art Lähmung im Kopfe – rief nach meinem Diener – meine Stimme hatte den hässlichen, krächzenden Klang, ich stieß einen Schrei aus – mein Diener fand mich auf allen Vieren am Boden ...«

Mir entfuhr eine Bewegung!

Suworin drehte sich kaltblütig eine Zigarette und rief, die Hand gegen mich ausstreckend: »Fürchten Sie nichts, ich bin nicht im Begriff, närrisch zu werden, ich habe die interessantesten Anlässe dazu unbenützt gelassen – die Gefahr ist vorüber – ich habe keine Anlagen zum Wahnsinn.

Damals freilich glaubte ich das Gegenteil. Ich nahm zwar meinen Kopf zwischen die Hände und sagte mir, dass ich vernünftig sei – ganz vernünftig. Dann fiel mir der Narr ein, dem ich so sympathisch gewesen, und der mir zum Abschied gesagt hatte »auf Wiedersehen!« ... Und ich grübelte und brütete, und wurde fahl und mager. Mein alter Diener wähnte, ich sei vom bösen Geiste besessen.

Ich reiste da und dorthin, um mich zu zerstreuen, las jedoch zu gleicher Zeit Bücher über den Wahnsinn. Ich legte den Finger auf jeden vagen Instinkt und sezierte jeden Gedanken – – – Sapristi, da bin ich im Begriff, Ihnen eine interessante Auseinandersetzung zu geben. Ich wollte Ihnen ja meinen Roman erzählen. Das kommt vom Materialismus. Anstatt der Geschichte seiner Liebe erzählt man die Geschichte seiner Nerven! ... Meine Liebe! ... Wo ich sie getroffen? ... In Heidelberg, auf dem Perron des Bahnhofs. – Ich sehe noch Alles vor mir, die Sonnenstrahlen, die blaue Luft und den lustigen Neckar, die altväterischen blauen Kutschen und die rot aufgedunsenen Kutscher, die lebensgefährlichen Studenten, wie sie mit ihren dicken Ziegenhainern Terzen und Quarten in der Luft herumwarfen, die bunt zerrauften Mädchen, die kindischen, englischen alten Jungfern und meine blasierten Landsleute. Und inmitten von all dem – sie! ... Welche Vornehmheit, welche Grazie!

Sie trug einen großen, spanischen Federhut, ein graues Leinwandkleid und graue, für ihre kleinen Hände viel zu große Handschuhe. Sie hielt eine schwarze Reisetasche mit weißen Beschlägen in der Hand und sah aufmerksam, neugierig unbefangen um sich herum. Da schrie eine alte, laute Stimme: »Sonja!«

Sie eilte die Treppe des Perrons herunter, trat auf ihr Kleid, stolperte, schwankte ... schon streckte ein Student seinen Arm ihr entgegen, doch ich kam ihm zuvor, fing sie auf und schleppte sie den Perron herab.

Sie sah mich kaum an, nickte nur leicht mit dem Kopfe und sagte zerstreut: »Danke« ... eine geborene Königin.

Da hörte ich wieder die raue Stimme in schnarrendem Russisch-Deutsch: »Aber Sonja, der Herr rettet Dir das Leben, und Du sagst »Danke«, als habe er Dir Dein Taschentuch aufgehoben. Ich bin Ihnen unendlich verbunden, mein Herr.« – Und ein sehr schön gewesenes, sehr altes, sehr gelbes Gesicht – ein Gesicht, das an wurmstichige Holzschnitzerei erinnerte, nickte und grinste mir aus einem großen, schwarzen Tunnelhut zu.

Dann streckten sich mir plötzlich zwei schwarz behandschuhte Hände entgegen, statt des schnarrenden Französisch klang es in etwas singendem Russisch zu mir herüber:

»Wolodja tschtostoboi!«

Es war meine alte Tante Aurora Wikentiewna – das Original. Eine ihrer Eigenheiten bestand darin, dass sie immer Trauer trug für Chopin, den sie nie gekannt hatte.

»Wo reist Du hin – was hast Du vor – steigst Du im Hotel Schrieder ab. Im Bädeker steht Hotel Schrieder –« schrie sie mit ungenierter Lautheit. »Das ist mein Patenkind Sofie Iwanowna B... . Sonja, das ist mein Neffe, ein guter Junge, aber er hat zu viel deutsche Philosophie im Kopf.« Dann gestikulierte sie mit ihrem Sonnenschirm einem Kutscher zu, und ehe ich's mich versah, saß ich ihrem Patenkind gegenüber in einer der altväterischen blauen Kutschen und hatte meine Karte für Baden-Baden in den Wind hinaus geworfen – und meinen Großvater, den Wahnsinn und alle Nachtseiten des Lebens vergessen!« –

VIII.

»Ich leide gewiss nicht an Kirchturmpatriotismus, aber ich bin stolz auf unsere russischen Frauen. Unterbrechen Sie mich nicht ... nach all den russischen Karikaturen von Pariserinnen, nach den grimassierenden Fürstinnen und Intrigantinnen, die wir exportieren, können Sie sich keinen Begriff von einer echten, natürlichen Russin machen.

Ich habe nie ein zweites Mädchen gesehen wie Sonja. So einfach, so barbarisch wahr, so ernst und doch kindlich lustig – dabei voll so tiefen großmütigen Gefühls.

Schön war sie auch, echt russisch schön.

Mein Gott, wie lange hat mich die Erinnerung an das seltsame, blasse Gesicht mit den großen, dunkelgrauen Augen unter niedrigen deutlich gezeichneten Brauen, der kurzen charakteristischen Nase und dem weichen schwermütigen Mund verfolgt!

Vielleicht waren ihre Backenknochen etwas zu breit, das Oval des Gesichtes zu kurz. Mir aber gefiel selbst diese Unregelmäßigkeit. Und dann! Welch herrliche Gestalt sie doch hatte, welche Vornehmheit in den Bewegungen und welche Grazie, welche bizarre frappante Grazie. Alles an ihr war so spontan, so ungekünstelt.

Wir dinierten auf der Terrasse des Hotel Schrieder. Sie sagte »Danke", wenn ich ihr etwas reichte, kümmerte sich im Übrigen sehr wenig um mich, blickte da und dorthin und machte komische Bemerkungen über ihre Umgebung. Beim Dessert las sie die »Fliegenden Blätter«.

Nachmittags unternahmen wir natürlich einen Ausflug nach dem Schloss! Wie grün die Welt war damals und wie blau der Himmel! Für den Tag in Heidelberg und für noch ein paar, die auf ihn folgten, verzeih' ich dem Schöpfer meine Existenz.

Träumerisch wanderten wir durch die grauen Räume des alten Pfalzgrafenschlosses mit seiner närrisch verschnörkelten, deutschen Renaissancebauart. Wir sahen das große Fass, welches sich ausnimmt wie ein Monument, das die Heidelberger Studenten ihrem eigenen Durst gesetzt, sahen den durstigen Narrenzwerg und vielen anderen altertümlichen Krimskrams.

Wir spähen durch das große Fernrohr auf der Molkenkur und trinken saure Milch. Ich bemühe mich, Sonjas Aufmerksamkeit zu fesseln und lenke ihren Blick schließlich auf ein englisches Ehepaar, das, offenbar auf der Hochzeitsreise begriffen, zwei ganz identische derbe Matrosenhüte und möglichst ähnliche Anzüge aus demselben blau- und weißgestreiften Zwilch trägt.

Sonja lacht hell auf. Wie sie lacht! Der Neckar tief unten im Tal lacht auch – wie ein Echo, und aus einem fernen Biergarten tönt es weich und traumduselig zu uns herüber: »süße Lust ... süße Lust", das Liebesduett aus der damals neuen Oper Gounods.

Meine Tante starrt die Passanten ungeniert durch ihr silberplattiertes altmodisches Schildpattlorgnon an und äußert verblüffende Aphorismen in ihrer tiefen energischen Stimme, vergleicht ein flinkes Windspiel mit einem englischen Wagengestell und einen aristokratisch-schwindsüchtigen Franzosen mit einer feudalen Burgruine.

Der Abend dämmert, wir fahren zurück, hinunter in das Städtchen. Der Neckar murmelt schläfrig, blass und still kriechen die Sterne aus ihrem blauen Nest. Die Luft ist unsagbar weich und süßduftig. Durch mein ganzes Sein schleicht sich eine Empfindung unaussprechlich friedlichen Glücks. Ich habe aufgehört zu denken. Je me laisse vivre.

Und weiter rollen wir die grünen Hügel hinab, dann durch die schlaftrunkenen Gässchen, in denen das Gras zwischen den Steinen wächst. Müde Verkäuferinnen stehen auf den Schwellen ihrer Läden und blinzeln vor sich hin durch die helle Sommerdämmerung, zwei kleine Jungen spielen, die Köpfe voll papierner Pflästerchen aus imaginären Wunden, mit Stöcken »Mensur", und in einer Kneipe singt eine Gesellschaft halb betrunken, halb sentimental.

Abends nahmen wir den Tee in dem kleinen Salon meiner Tante. Sonja machte ihn. – Ich werde Ihnen keine ausführliche Beschreibung liefern von ihren rosigen Fingerspitzen und nicht von den lieben Grübchen, die in ihren Wangen immer deutlicher hervortraten, je ernsthafter sie die Stirne zu runzeln versuchte. Wissen Sie mir Dank dafür.

Wir fingen schon an, recht vertraut miteinander zu werden, Sonja und ich. Der Samowar war ausgekühlt, meine Tante schnarchte laut und gemütlich in ihrer Americaine. Wir traten hinaus auf den Balkon, um Zigaretten zu rauchen. Wie hübsch sie beim Rauchen aussah! ... Ich habe nie mehr eine Frau rauchen sehen können seitdem! ...«

Suworin stützte den Kopf in die Hand und verstummte zerstreut, dann sich plötzlich aufrüttelnd, rief er: »Von was habe ich Ihnen denn erzählt, von ... Ja richtig, von Heidelberg! – Nun! Der blaue Himmel schien sich auf uns herunterzubeugen. Die Sterne glänzten so nahe, dass man die Hand nach ihnen hätte ausstrecken mögen, um sie zu pflücken. Da plötzlich durchfuhr es den Himmel wie eine goldene Schlange. Eine Sternschnuppe war's!

Sonja schrak zusammen. »Es ist ein Stern aus dem Himmel gefallen“, sagte sie dumpf, »das ist der Glücksstern eines Menschen!«

»Der meine!« murmelte ich, und dabei wurde mir sehr kalt inmitten der warmen Sommernacht.

Ich musste plötzlich recht elend aussehen, denn das liebenswürdigste Mitleid trat auf ihr kindlich-mutwilliges Gesicht. »Ach, Wladimir Alexandrowitsch, glauben Sie doch nicht daran!« rief sie altklug, »das sind nur Ammenmärchen, wahrhaftig, ich begreife Sie gar nicht! – Wie können Sie nur so abergläubisch sein!« Dabei legte sie unbefangen ihre kleine, warme Hand auf meinen Arm und sah zu mir empor.

Mir wurde, ich weiß nicht wie! – Ich nahm ihre Hand und küsste sie leise, behutsam innig, wie man die eines ganz kleinen Kindes küsst. Vielleicht haben Sie schon gehört, dass in Russland jede Dame den Handkuss eines Mannes mit einem Kuss auf die Stirne beantworten soll. Schon streckte mir Sonja halb mechanisch das Köpfchen entgegen – da aber wurde sie mit einem Mal rot wie eine wilde Mohnblume, entriss mir mit beinahe zornigem Ungestüm ihre Hand und eilte fort!

IX.

»Sie war exaltiert und exzentrisch, wie alle russischen Mädchen. Sie hatte Sympathie mit den Nihilisten und träumte davon, einem verbannten Helden nach Sibirien zu folgen.

Sie sang wunderbar schön und hatte eine von den ergreifenden Altstimmen, wie sie den Frauen unseres Volkes eigen sind, ein eigentümliches Gemisch von Kraft und Weichheit.

Sie war launenhaft, unberechenbar – mit einem Wort vollkommen. Lange Zeit lebte sie lustig, kameradschaftlich neben mir hin, ohne das geringste wärmere Gefühl zu verraten. Endlich aber kam eine Stunde ... O, ich erinnere mich dessen, als wäre es gestern gewesen.

Es war in einem kleinen Gasthaus in irgendeinem Städtchen am Rhein. – Ein großes Gewitter hatte sich soeben erst ausgetobt. Am Horizont wälzte sich noch ein violetter Wolkenschwall, in dem hier und da ein fahler Blitz aufzuckte. Ein Regenbogen stand am Himmel, und ein feiner, aus den weißlichen Wolken niedersickernder Regen glitzerte wie Brillantstaub.

Wir saßen unten in dem sogenannten Saal, einem niedrigen, himmelblau angestrichenen Raume, der hauptsächlich mit einem Porträt des Königs, einem alten gelben Klavier und einem mit Bierkrügen gefüllten Glasschrank möbliert war, und in dem die jüngst verflossenen zwei Stunden hindurch eine verunglückte Landpartie gelärmt, getanzt, Bier getrunken und Gaudeamus igitur gesungen hatte. Wir öffneten die Fenster, um den Bierdunst hinaus und die Abendluft hereinzulassen. In der Ferne zwischen der Pappelallee sahen wir die Landpartie im unordentlichen Gänsemarsch der nächsten Bahnstation entgegenstolpern.

Sonja setzte sich nun an das Klavier und sang Schumanns »Erstes Grün« und »Stirb Lieb' und Freud'« und viele andere süße schwermütige Lieder. Der platte, dünne Ton des Klaviers erinnerte an eine Harfe und passte sich eigentümlich anspruchslos den schwärmerischen Weisen an. Schließlich stimmte Sonja noch »Des Mädchens Klage« an. Es war ihr Lieblingslied, und sie hatte mir dasselbe schon oft mit kindlicher Begeisterung und vollständiger Unbefangenheit vorgesungen. Diesmal aber mochte sie bemerken, dass ich sie während ihres Vortrages allzu aufmerksam beobachtete. Ihre Augen begegneten den meinen, das Blut stieg ihr in die Wangen, und sie brach inmitten eines Taktes ab. »Es ist doch ein dummes Lied", rief sie, die Lippen aufwerfend.

»Warum?« fragte ich, ohne die Augen von ihr zu wenden, mit neckender Neugier.

»Die Worte sind unsinnig", murmelte sie, »ich habe gelebt und geliebt! Ja, und was nun – damit soll Alles zu Ende sein? Ist das ein Lebenszweck? Schmähliche Genusssucht des Herzens, sentimentaler Egoismus.«

So eiferte sie, wendete ärgerlich das Köpfchen von meinem forschenden Blick ab und klimperte übermütig einen Walzer von Strauß.

»Kinder", rief jetzt Aurora Wikentiewna aus dem Studium ihres Bädekers heraus, »wie ich soeben entdeckt, befinden wir uns in der Nähe des Ortes, wo die berühmte Günderode sich erdolcht hat!«

Sonja interessierte sich für die Günderode, warum weiß ich nicht mehr; ich glaube, sie hatte einmal ein Porträt von ihr gesehen – ihre Gedichte hatte sie gewiss nicht gelesen. Es gelüstete sie nun, den Ort aufzusuchen, wo dereinst zwischen den Weidenbüschen am Rheinufer jenes bedauernswerte Opfer deutscher Romantik mit durchstochener Brust gefunden worden war.

Meine Tante aber wollte nichts davon hören, noch einen Spaziergang zu machen. Sie fürchtete sich vor nassen Füßen und sagte phlegmatisch: »Du kannst mit Wolodja gehen, wenn Du den Platz durchaus sehen willst. Der Wirth gibt Euch einen Führer mit. Es ist ganz nahe. Im Bädeker steht's!« Und so wandelten wir denn um weniges später und von einem weißlockigen Bauernjungen begleitet, dem Rheinufer zu, wo wir uns in nasses Wiesengras versenken mussten, aus dem nur hier und da ein Baumstumpf emporragte, auf den man den Fuß setzen konnte. Sonja sprang behände von einem zum andern. Als nun endlich unser kleiner Führer stehen blieb und in seinem rheinischen Dialekt erklärte, »dies sei die Stelle, wo das Unglück geschehen sei", senkte sie den Kopf und murmelte: »Arme Günderode!« –

Hierauf aber lachte ich nur und bemerkte trocken: »Sentimentaler Egoismus!«

Sie wandte sich ärgerlich von mir, wies die Hand, welche ich ihr gereicht, um ihr über eine Pfütze hinüber zu helfen, zurück, versuchte selbständig ihr Glück, strauchelte und fiel der Länge nach in den Schlamm. Eilig half ich ihr auf. Ihr armes Gesichtchen zuckte vor Schmerz. »Haben Sie sich wehgetan?« rief ich besorgt.

Etwas in meinem Ton, in meinem Blick musste sie rühren. Sie wechselte plötzlich die Haltung und sagte mit einem komischen Seufzer: »Wladimir Alexandrowitsch, ich erlaube Ihnen, mich auszulachen!«

Als ob ich dazu die geringste Lust gehabt hätte, mein Gott!

Unser kleiner Führer war mit seinem Trinkgelde davon gesprungen. Wir waren allein, sie und ich: rechts von uns der Rhein, links von uns ein an Goethe'sche Tragödien und Schumann'sche Lieder erinnerndes hochgiebliges Städtchen. Das Herz pochte mir laut in der Brust, ich fühlte meine Hände heiß und groß und meine ganze Gestalt ungewöhnlich plump werden. Die Zunge klebte mir am Gaumen, ich räusperte mich dreimal, ehe ich herausbrachte: »Sofia Iwanowna, ich habe Sie so schrecklich lieb ...«

Mein Blick begegnete ihren großen neckenden Koboldaugen. Mein bisschen Contenance floss in nichts zusammen. Ich hätte mein Gefühl so gerne in poetische, geistreiche Worte gekleidet, nicht aus läppischer Eitelkeit, nur um bei ihr Terrain zu gewinnen; aber je schönere Worte ich suchte, destoweniger fand ich, und schließlich brachte ich nichts heraus als: »Ich weiß, dass Ihnen so etwas nicht einfällt, Sie haben lauter Großartigkeiten im Kopf – das bien public und Sibirien, aber – Sonja!

Könnten Sie wirklich nicht?« – ich sah sie flehend und gewiss unendlich albern an.

»Könnte ich was?« fragte sie mit quälender Gemessenheit.

»Meine Frau werden, ... mich lieb haben!«

Ein wenig gerührt schien sie doch. – Das dauerte nur eine Minute, dann warf sie mit lustigem Muthwillen das Köpfchen zurück, lachte so frisch auf, dass es wie das Plätschern eines tollen Gebirgsbaches klang, und rief: »Wenn Sie sich Arme und Beine gebrochen haben, werden Sie mir vielleicht einiges Interesse einflößen – wenn Sie erst in die Bergwerke verbannt sind, folge ich Ihnen nach Sibirien per Etappe. In Ihren jetzigen bequemen und angenehmen Verhältnissen begnüge ich mich damit ... zu tun, was Sie mir gegenüber so gnädig unterlassen haben, nämlich ... Sie auszulachen!«

An jenem Abend war kein vernünftiges Wort mehr aus ihr herauszubringen: Und dennoch fühlte ich mich unbeschreiblich glücklich. Die ganze Nacht schlief ich nicht vor seliger Erregung. Immer und immer wieder schritt ich die Diele meines weißgetünchten, nach Kalk und Fichtenholz riechenden Zimmerchens auf und ab; schließlich stellte ich mich an das offene Fenster, lehnte beide Arme auf die von der Nachtluft feuchte Brüstung und hörte dem Pochen meines Herzens zu. Was es mir alles für Unsinn zuflüsterte, was für seligen, herrlichen Unsinn! Manchmal horchte ich auf, ob sich denn in dem Zimmer unter mir nichts bewege. Ich hörte etwas wie einen leichten Flügelschlag und sagte mir jubelnd, dass Sonja vielleicht ebenso wenig schlafen könne, wie ich selber. Der Morgen graute schon, als ich mich endlich niederlegte. Da beschlich mich eine unheimliche Empfindung. Mein Kopf wurde heiß, mein Körper schwer und steif. Die weißlich graue Dämmerluft schien sich über mir zu verdichten, zu verdunkeln, sich auf mich herabzusenken, wie ein schwarzes Bahrtuch. Ich wähnte zu versinken. – Plötzlich stierten ein Paar verdrehte weiße Augen durch das Schwarz, und eine krähende Falsettstimme flüsterte mir zu: »Auf Wiedersehen!«

Eine schreckliche Angst erfasste mich. Der Schweiß trat mir auf die Stirn. Ich grub mein Gesicht in die Polster und ächzte.

Als ich den nächsten Morgen aufstand, sah ich aus wie eine Leiche, fast wie ich jetzt aussehe. Ich war todesmatt; mir schwindelte beim Gehen.

Der Anblick Sonjas verscheuchte freilich momentan alle meine Schrecken. Mit Gewalt redete ich mir das, was ich nun meine fixe Idee nannte, aus. »Was", so sagte ich mir, »ging es mich weiter an, dass ein alter Mann infolge von ungeschickten Experimenten mit kalter Dusche närrisch geworden war, sei es nun mein Großvater oder nicht!«

Trotz dieser virtuosen Beweisführung gegen meine Angst kehrte meine Verstimmung bald und mit verdoppelter Gewalt wieder. Mein elendes Aussehen erregte Sonjas Teilnahme.

Es war nach Tisch in dem himmelblauen Saal unten. Wir hatten soeben den Kaffee eingenommen. Meine Tante war über einer Nummer der Revue in einem harten rechtwinkligen Lehnstuhle eingeschlafen, und ich stand fröstelnd und schwermütig in einer Fensternische, da trat Sonja zu mir ohne alle zögernde Verlegenheit, mit gerader Haltung und ernstem Blick.

»Habe ich Sie verletzt durch meine gestrigen Leichtfertigkeiten?« fragte sie mich.

»Sonja!«

Sie lächelte zu dieser vertraulichen Benennung und fuhr fort: »Konnten Sie denn im Ernste wähnen, ich sei ... selbstsüchtig genug, Sie unglücklich haben zu wollen, nur um Sie trösten zu dürfen!«

Eine lange Pause folgte. Mein Kopf war voller Skrupel und Zweifel, mein Herz voll zwingender Sehnsucht. Durfte ich ...?

Sie errötete, wurde hierauf totenblass vor Scham und Schmerz – weil ich nichts sagte. Ihre Augen füllten sich mit Tränen, empört wandte sie sich von mir ab. – Ich vergaß Alles und zog sie an meine Brust.

X.

Meine Tante gab uns ihren Segen zu unserer Verlobung. Ich war selig.

Bald merkte ich, dass ich Sonja bis dahin nur halb gekannt, dass sie mit einer eigentümlich stolzen Scheu ihre schönsten Eigenschaften vor mir verborgen hatte.

Sie bewies mir die liebevollste Rücksicht, hatte für mich die rührendsten Aufmerksamkeiten und blieb dabei doch zurückhaltend bis zur Schroffheit.

Und trotz alledem meldete sich meine alte Pein. Immer und immer wieder beschlich mich die abscheuliche Furcht, krampfte mir das Herz zusammen und machte mich so verschlossen und wortkarg, dass meine arme Braut es bemerken, ja sich davon verletzt fühlen musste.

Eines Abends fühlte ich mich ganz besonders verstimmt. Es war noch immer am Rhein, auf einem roh gezimmerten Holzbalkon, der auf einen im Mondschein schlafenden Garten voll blühender Linden herabsah. Da trat Sonja neben mich und fing etwas zögernd an: »Wladimir, fehlt Ihnen etwas? – sind Sie krank? – oder drückt Sie ein Leid?«

»Bewahre«, entgegnete ich heftig, »wie kommen Sie nur auf den Gedanken?«

Ich erschrak selbst vor dem scharfen Klang meiner Stimme und verstummte.

»Dann! ...« sie schöpfte tief Atem, »dann – – – kann ich nur eines vermuten ... Sie fangen an, meiner überdrüssig zu werden!«

»Ich!« rief ich entrüstet.

»Sie brauchen sich nicht zu scheuen, mir dies einzugestehen«, sagte sie mit mühsam stolzer Haltung und finsterem Blick, »ich bin keines von den schwächlichen Mädchen, die an der Lungensucht sterben, wenn ...« sie errötete und wandte den Kopf ab; »ich gebe Sie frei«, murmelte sie.

»Sonja«, fuhr ich auf, »wie um Gotteswillen konnten Sie sich einfallen lassen, dass ... dass ...«

»Dass ich Sie langweile«, vervollständigte sie halb lachend, halb weinend, »weil es so natürlich wäre. Ich bin nicht wie andere Mädchen, ich kann nicht kokettieren, ich kann nur ...« sie stockte und sah verlegen und innig aus übergroßen Augen zu mir auf, fing erst an, am ganzen Körper zu zittern und dann bitterlich zu schluchzen.

»Sie können nur lieben – ist es das, was Sie sagen wollen?«

Sie nickte. »Und Sie?« fragte sie, mir tief in die Augen schauend.

Was ich ihr darauf antwortete? Nun, jedenfalls genügte es, ihre Zweifel zu verscheuchen. Dann standen wir noch ein Weilchen nebeneinander, stumm und glücklich. Der Nachtwind seufzte in den Bäumen, und hier und da glitt eine blasse Lindenblüte, die der Mond totgeküsst, leise nieder auf den Boden. Plötzlich stahl Sonja ihre kleine Hand in die meine.

»Und nun, Wolodja, beichte mir, was Dich so traurig macht", flüsterte sie.

»Nichts, worin Du eine Rolle spielst, mein Täubchen", erwiderte ich.

Da legte sie das Köpfchen mit schüchtern zögernder Zärtlichkeit auf meine Schulter. »Und nichts, worüber ich Dich trösten könnte?« hauchte sie so leise, dass ich ihre Worte nur mit dem Herzen hörte.

Wie ich sie anbetete! Wenn ich daran denke – mir wird angst und weh. Ich begreife nicht, dass wir beide ein und derselbe Mensch sind, der treuherzige Bursche von damals und ich. Mir ist, als müsste ich seither die Seele gewechselt haben.

XI.

Am nächsten Tag erhielt ich einen Brief von meinem Bruder Boris. Im ersten Moment erkannte ich seine Schrift nicht. Sie war steif und verschnörkelt und an mehreren Stellen von, mir natürlich völlig unleserlichen, Sätzen in chinesischen Schriftzeichen unterbrochen. Er schrieb sehr viel von einem großartigen Project, die allgemeine Wehrpflicht in China einzuführen. »Mit der chinesischen Armee", schloss er sein Schreiben, »wage ich es kühn, Europa zu befreien, und alle Dynastien und Vorurteile mit einem Ruck um hundert Jahre hinter die Gegenwart zurückzuschieben«

Ich wusste, dass mein Bruder sich ehemals viel mit Nationalökonomie, in letzter Zeit viel mit dem Chinesischen beschäftigt hatte, was offenbar etwas von dem Inhalt des Briefes erklärte. Dennoch blieb er rätselhaft genug. Umsonst versuchte ich mir die verschiedenen Ungereimtheiten des seltsamen Schriftstücks als absichtliche und humoristische Übertreibungen zu deuten – der Eindruck, den dasselbe auf mich hinterlassen, blieb unheimlich und verstimmend.

Da mein Bruder den lebhaften Wunsch ausgedrückt hatte, mich bald zu sehen, und zwar in Baden, wohin er mir von Paris aus entgegenreisen wollte, so begab ich mich auch richtig in dieses berühmte Russenelysium, wohin mir meine Tante, welche indessen noch eine Jugendfreundin in Bonn besuchen wollte, baldigst zu folgen versprach.

Ich kam nach Baden, fand aber weder meinen Bruder noch einen seine Abwesenheit erklärenden Brief in dem von ihm bestimmten Hotel. Mich unsäglich langweilend, wartete ich einen ... zwei Tage. Der dritte Tag naht seinem Ende – und von Boris keine Spur. Da ... wie gut ich mich dessen erinnere! Es war gegen Abend und sehr schwül. Ich saß bei heruntergelassenen Gardinen an meinem Schreibtisch und hatte soeben einen Brief an Sonja beendet. Nun griff ich nachlässig nach einer französischen Zeitung, einem Figaro. Ich las einen Wetterbericht, dann eine komische Anekdote über die Fürstin B., dann einen »sensationellen Fall«. – –

Er handelte von »einem russischen Kavalier, den ganz Paris kennt, einem Original mit despotischem Charakter und liberalen Ideen – Fürst S... . Derselbe ist gestern im Bois an den Wagen des Kaisers getreten und hat, ihm die Hand entgegenstreckend, ausgerufen: »mon cousin, puis-je compter sur vous?« Er hielt sich für den Kaiser von China. Fälle von Geistesstörung scheinen schon öfters in der Familie S... vorgekommen zu sein. Der vornehme Kranke befindet sich bereits unter der ärztlichen Aufsicht des Doktor Blanche!«

Der vornehme Kranke war ... mein Bruder Boris.

Wie ich die folgenden drei Stunden verlebte ... ich weiß es nicht. – Sie sind in meiner Erinnerung nichts als ein schwarzer Fleck, vor dem mir graut. Als ich wieder zur Besinnung kam, war das Erste, worauf mein Blick fiel, mein Brief an Sonja.

Ich brach ihn auf und las ihn zweimal langsam vom Datum bis zur Unterschrift durch. Dann zerriss ich ihn in lange schmale Streifen.

Jetzt war alles zu Ende.

Es fiel mir ein, dass meine Tante mich beauftragt hatte, Zimmer für sie und meine Braut zu bestellen. In kürzester Frist würden beide in Baden eintreffen. Einem Wiedersehen mit Sonja durfte ich mich nicht aussetzen, dies musste auf jeden Fall verhindert werden. Aber wie? –

Sollte ich ihr ganz einfach den Abschnitt des Figaro zusenden, und darunter die Worte setzen: »Sie sehen, es kann nicht sein!« –

Am einfachsten wäre es wohl gewesen, aber bei dem bloßen Gedanken wurden meine Wangen heiß. Ich schämte mich unbeschreiblich, ihr zuzugestehen, was ich fürchtete. Nun, etwas musste geschehen. Ich versuchte, ihr zu schreiben. Die Worte kamen mir nicht, ich konnte meine Gedanken nicht sammeln und kritzelte immer und immer wieder ihren Namen; »Sonja – Sonja – Sonja! –«

Dabei war mir's, als rolle mir eine kleine Kugel durch den Kopf wie beim Roulette, und in den Ohren klang mir's unaufhörlich: »Sonja – Sonja!«

Mein Herz wurde mir immer größer und schwerer in der Brust. In allen Gliedern fühlte ich die schmerzlichste Müdigkeit. Die Sonne war im Sinken; endlich außer mir, halb verrückt vor Aufregung und Schmerz, brachte ich zwei Sätze zusammen. Sie waren französisch und lauteten:

»Mademoiselle!
Unsere Verbindung ist unmöglich. Ich hatte mich in mir selber getäuscht.
Suworin.«

Diesen rohen, widerwärtigen Zettel steckte ich, ohne denselben auch nur durchgelesen zu haben, in einen Umschlag und schickte ihn augenblicklich auf die Post.

Dann … dann ging ich in die Konversationssäle, setzte mich an den Roulettetisch und gewann rasend.

Ich ließ mich mehreren Damen vorstellen, entdeckte zu meinem Erstaunen, dass ich plötzlich geistreich geworden war und machte spitze Bemerkungen über alles.

Das Herz hämmerte mir nur so in der Brust, meine Hände und Füße waren eiskalt, mein Atem gehemmt. Zwei Tage machte ich noch ähnliche unsinnige Versuche, mich zu zerstreuen, meinen Schmerz totzuschweigen, am dritten konnte ich nicht mehr weiter, sperrte mich in mein Zimmer ein und ließ mein armes Herz toben, wie es eben wollte. – Nun aber schlich sich durch mein maßloses Leid unsagbar quälend die Erinnerung an jede Einzelheit meines verlorenen Glücks. Ich sah Sonja vor mir, meine Einbildungskraft zauberte mir jede Stunde zurück, die ich mit ihr verbracht, anstatt die Erinnerung zu bannen, reizte ich sie – mein ganzes Sein strebte in die Vergangenheit zurück. –

Da bringt mein Diener einen Brief von meiner Tante. Sie meldet mir ihre Ankunft, bittet mich für den Abend zum Tee und berührt die rohen Zeilen, mit denen ich meine Verlobung gelöst, mit keinem Wort.

Ich bin vernichtet.

Sie ist in meiner Nähe – ich könnte sie noch sehen, noch sprechen … O, nur noch einmal, nur noch ein einziges Mal. Schon fahre ich auf, schnelle aus meinem Fauteuil empor, will zu ihr stürzen – und sinke dann doch wieder todesmatt zurück. Ich darf nicht!

Die Dämmerung bricht herein. Da öffnet sich die Türe, ich blicke auf. Vor mir steht Sonja mit Augen wie eine Gewitternacht.

Zitternd raffe ich mich auf. Ein schreckliches Schweigen herrscht zwischen uns beiden. Die Angst lähmt mich – die Scham sie.

Endlich macht sie einen Schritt vorwärts, faltet die Hände und schöpft tief Atem. »Wolodja!« flüstert sie, und in ihren düstern Augen scheint die Sonne aufzugehen.

Ich ... nun ich zucke die Achseln und murmele verlegen, erbärmlich: »Sofia Iwanowna!« Sie errötet und zeigt auf ein Papier, welches sie in der Hand hält, dann beginnt sie stotternd und mit gebrochener Stimme: »Vor drei Tagen habe ich einen sehr hässlichen Brief erhalten, der mit Ihrem Namen unterzeichnet war; ich hielt ihn für eine Fälschung, die Schrift schien so fremd ... wäre er dennoch von Ihnen?«

»Ja, Sofia Iwanowna!«

Sie zerreißt mein Schreiben langsam in zwei Stücke, die auf den Teppich fallen, und schaut mich dabei an, so traurig, so herzzerreißend, als wollte sie sagen: »War alles Lüge?« Nach einer Pause murmelt sie leise, kaum verständlich: »Hat mich, ich wüsste nicht, wie das gekommen wäre, aber ... es könnte dennoch sein, hat mich irgendjemand verleumdet?«

»Nein!«

Noch immer steht sie da, wie angewurzelt und sucht zu begreifen, was nicht zu begreifen ist. Das Blut steigt mir zu Kopf, ich fühle, wie ich daran bin, ihr zu Füßen zu sinken, meine ganze Selbstbeherrschung schwankt. »Entfernen Sie sich", rufe ich hastig – außer mir, »um des Himmels Willen! Es könnte Sie jemand hier sehen!«

»Und Sie glauben, dass mir daran noch etwas liegen könnte?« sagt sie tonlos. Weder Bitterkeit noch Vorwurf, nur eine große, schmerzliche Verwirrung spricht aus ihrem Wesen. Sie wandte sich zum Gehen. Mir war wie einem, der unter dem Galgen steht. O, nur noch eine Minute lang sie sehen, sie sprechen hören, ehe alles um mich herum öd und schwarz wird.

»Verzeihen Sie mir!« murmelte ich.

Sie schüttelte das Köpfchen. »Was ist da zu verzeihen?« seufzte sie, »leben Sie wohl!« und damit reichte sie mir ihre Hand.

Ich wagte es nicht, dieselbe zu berühren, und röchelte nur ganz von Sinnen: »Gehen Sie ...!«

Sie ging. – Die Schlinge um meinen Hals war zugezogen, es war schwarz vor meinen Augen. Ich tappte um mich, wie ein Blinder – ich schluchzte!

Da hör' ich einen halberstickten Jubelschrei. Sie liegt an meiner Brust, ihre warmen Arme schlingen sich um meinen Hals, und ihr liebes Köpfchen schmiegt sich zärtlich an meine Schulter.

»Es ist ja alles sinnlose Verstellung", jauchzt sie, »ach, ich wusste es ja ... ich fühlte es. Es ist der alte Jammer über Dich gekommen, der Jammer, den Du nicht mit mir teilen willst. – Wolodja, mein Herz, mein Kleinod, bin ich denn nicht würdig, Dir ihn tragen zu helfen?«

Da beherrschte ich mich nicht mehr. Ich küsste ihre Haare, ihre Schläfen, ihre Wangen und schluchzte dabei wie ein Kind. Mir ist's als müsse der Schöpfer ein Wunder wirken, das mir mein Glück ermöglicht.

Da schleicht sich der Wind zwischen den Gardinen in das Zimmer herein, fegt knisternd über die Papiere auf meinem Schreibtisch hin und wirft mir wie hohnlachend ein altes Zeitungsblatt vor die Füße: die verhängnisvolle Nummer des Figaro! –

Was in diesem Augenblick in mir vorging ... ich kann es nicht beschreiben, auch hat es sich nie wiederholt. Mir war's, als zuckten in meinem Kopf tausend schwarze, hohnlachende Teufelchen durch einen feuerroten See – und zu gleicher Zeit, als stieße mir jemand ein Messer in das Herz; und mir war's auch, als müsse ich lachen, lauter, als alle die Teufelchen, und zugleich heulen vor Schmerz – und etwas zermalmen, vernichten – und sei es das Liebste und Schönste auf der ganzen Welt.

Mir gegenüber stand ein Spiegel. Mein Blick fiel hinein. Ich sah die scheußliche Verzerrung meiner Züge, sah, wie meine Augen gegen die Schläfen zu schielten, gleich denen eines Besessenen; und dann hörte ich mich plötzlich lachen, laut, gellend.

Es war vorbei! Ich kam zu mir. Aber zu spät! – Sie hatte begriffen! Sie war vor mir erschrocken.

Bis an mein Lebensende wird mich der Blick verfolgen, den sie auf mich richtete, während sie, die Arme weit vorstreckend, als wehre sie einen Schlag von sich ab, das Zimmer verließ.

Sie hatte begriffen! Aber der Kampf war noch nicht zu Ende. Sie wollte mich nicht verlassen, auch jetzt nicht. – Sie schrieb mir, Gott, wie sie schrieb! – Sie wollte trösten und stützen, wo sie nicht lieben durfte! –

Ich sah sie nie mehr.

Sie kehrte mit meiner Tante nach Russland zurück, lebte dort abgeschlossen von der Welt in ihrem Dorf. Ich glaube, sie war sehr wohltätig. Später hörte ich – sie sei in die Bergwerke verbannt worden. – Sie mag wohl Mitleid mit dem Volke gehabt haben – – und das ... das ist bei uns ein Verbrechen. – Sie ist tot.

Ich – – – bin geworden, was Sie wissen!«

Suworin schwieg. Mir war der Hals wie zugeschnürt.

»Sie möchten wohl gern ihr Gesichtchen sehen", sagte er müde, und, sich erhebend, öffnete er eine Schublade seines Schreibtisches und zeigte mir eine kleine Zeichnung in einem runden Rahmen. »Da nehmen Sie!« er reichte mir das Bildchen, ohne es anzuschauen.

Mein Blick heftete sich darauf. Ja, es war ein liebes Gesicht – – ein liebes, träumerisches Kindergesicht mit übergroßen Ahnungsaugen!

Da hörte ich neben mir tief atmen. Suworin blickte mir über die Schulter. Er legte die Hand an seinen Hals, eine Konvulsion durchzog seinen Körper – er wies mir die Tür! –

* * *

Noch einige Tage hielt sich Suworin von den Menschen fern. Ich dachte, er habe dem Boulevard entsagt. Da, eines Tages zupfte mich einer meiner lustigen Pariser Kameraden am Ärmel.

»Tiens, St. Mabille!« rief er.

Durch das wirre Menschengedränge zog sich mit gebückter Haltung, schlotterndem Paletot, zu kurzen Hosen, zu langem Haar, den Zylinder auf dem Hinterkopf, die rechte Schulter beim Ohr, mit gleichgültiger Impertinenz allen Damen ins Gesicht gaffend, der ewige Jude des Boulevard – »Memento mori!«

Ich wollte ihm die Hand reichen, er sah mich kalt blinzelnd, fremd an, und schob mit leichtem Nicken an mir vorbei.

Unsere Freundschaft war vorüber – er hat nie mehr, außer in der förmlichsten Weise, das Wort an mich gerichtet.

Schneeglöckchen

To

Mrs. Francis Herbert of Clytha

Eine kleine Geschichte will ich euch erzählen von rührender Liebe und kindischer Eitelkeit, von tändelnder Koketterie und hingebender Selbstverleugnung – eine Geschichte aus der Zeit, in der die verwegensten Bacchantinnen gemessene Menuetts tanzen – und in der ein unschuldig Kind, die Schminke auf den Wangen und den Puder im Haar, stirbt – eine Geschichte aus dem achtzehnten Jahrhundert.

Das achtzehnte Jahrhundert steht schon in den Greisenjahren, die malerische Perücke ist Zopf und Haarbeutel gewichen – die tausend kleinen Rokokoschnörkel machen Miene, sich aufzurollen, die goldene Überladung beginnt einer weißlackierten Schlichtheit Platz zu machen, Damen tragen Musselin und buntbedruckten Kaliko – freilich nur ausnahmsweise –, denn die Einfachheit taucht bis jetzt erst vereinzelt und als Bizarrerie in der Gesellschaft auf, die Französische Revolution, von Chesterfield prophezeit, von tausend scharfgespitzten Federn vorbereitet, schläft noch in des Schicksals Hand. Aber die Atmosphäre ist schwül, Gewitterwolken umdüstern den Horizont, der Genius der Freiheit regt seine Flügel, und die Blüte französischer Feudalität bereitet sich vor, für die Menschenrechte, vorläufig für die amerikanischen, zu kämpfen. – Das königliche Prestige liegt in den letzten Zügen. In Versailles erschallt eine lustig verwegene Stimme: »Mon café, La France ...« – es ist die Stimme der Du Barry, die ihren königlichen Lakaien dressiert. Der Marquis Du Barry, der vornehmste Salonzyniker jener an seiner Gattung reichen Art, sehnt sich nach dem Tode seines Bruders Wilhelm, des Gatten der Favoritin, denn der Tod des Grafen Wilhelm würde diese chose très piquante ermöglichen – eine Vereinigung des Königtums mit der Gosse, eine Heirat zwischen Ludwig dem Vielgeliebten und Jeanne Bécus, Gräfin Du Barry – und die unschuldige Tochter Maria Theresias, Frau des Dauphins, lebt verträglich neben der Königsgeliebten, in der man sie gelehrt hat, eine Institution der Monarchie zu respektieren.

Es ist eine Zeit, die an raffinierter Sittenverderbnis nur in der Glanzperiode römischer Kaiserverbrechen ihresgleichen findet, und wie in den Tagen Neros, so ist auch hier zum Schluss der tragisch lächerlichen Scheinregierung des fünfzehnten Ludwig die Menschheit von Lastern gesättigt, müde sich in parfümiertem Kot zu wälzen, müde sich in überheizten Glashäusern Giftblumen zu ziehen. Von den Bergen der Schweiz herüber zittert ein herber Hauch, der die matten Herzen neu belebt, die heißen Augen weinen lehrt, und der, von einem sentimentalen Zephyr zum wilden Orkan anschwellend, das ganze Ancien Régime samt seiner geistreichen Frivolität und anmutigen Ritterlichkeit von der Erde hinwegfegen wird.

In Versailles liest man die »nouvelle Heloïse«, in Paris liest man den contrat social.

* * *

Der Graf Maxime von Sommeville war in Ungnade gefallen. Der Graf war ein junger Mann mit vornehmem Leichtsinn, welcher bis dahin in Versailles irgendein unbedeutendes Hofamt ausgefüllt und eine sehr substantielle »Pension« bezogen – nebenbei an hübsche Damen seine Gefühle, an schmucke Kavaliere sein Geld verloren und schließlich in lustigem Übermut ein Akrostichon auf den geduldigen »Wilhelm«, den viel ertragenden Gatten der Gräfin Du Barry, gemacht hatte. Des Letzteren wegen war er in Ungnade gefallen und auf seine Güter verbannt worden.

Man glaubte, er werde nicht lange vom Hofe fern bleiben müssen, denn eigentlich hatte die Du Barry über die Verse gelacht und der König auch, und dann war die Du Barry im Grunde genommen ein gutes Närrchen und wäre sogar imstande gewesen, Verse zu verzeihen, die sie selbst angingen und nicht ihren schattenhaften Strohmann von Gatten. Sie hatte ja nicht einmal Charakter genug, um jemand etwas nachzutragen, und selbst ihren Erbfeind Choiseul hatte sie nur auf Andringen seiner Widersacher und mit solcher Liebenswürdigkeit aus dem

Ministerium hinausgeworfen, dass er bei seiner Abfahrt von Versailles die Fenster der Favoritin noch freundlich mit einem Kusshändchen gegrüßt.

Darum sagten Sommevilles Freunde und Freundinnen ihm alle beim Abschied: »Auf baldiges Wiedersehen!«

Aber der Graf Maxime tauchte nicht mehr bei Hofe auf, wenigstens nicht mehr zu Lebzeiten Ludwig des Fünfzehnten, zur Regierungszeit der Du Barry, und das hatte seinen guten Grund. –

Fern vom Hofe, an der weltvergessenen Küste der Normandie, hatte er auf der Falaise, wo das braune Wintergras im ersten Frühlingswinde bebte, ein Schneeglöckchen gefunden, so rein, so hold, allen eleganten Blaustrümpfen von Paris, allen gepuderten Bacchantinnen von Versailles so unähnlich, dass er bei dessen Anblick wie ein Schüler errötet und ein großer Wunsch ihm gekommen war, das zarte Blümchen zu hegen und zu pflegen, vor verderblichem Sonnenbrand und kaltem Sturm zu schützen, auf dass es nur zu seiner Freude weiter blühe.

Und er hatte so lange an das zarte Blümchen gedacht und nicht Rast noch Ruhe gefunden, als bis er es gepflückt, und in dem heiligen Schrein seines Herzens geborgen.

Das Schneeglöckchen hieß Therese und war die Tochter seines Gutsnachbarn, des Herrn d'Ambert.

Und die Hochzeitsglocken schwirrten lustig, und die Bauernmädchen zogen weiße Kleider an und streuten dem jungen Paar Blumen vor die Füße, und das Meer grollte mit seiner großen Stimme Beifall.

Nicht so die Familie des Grafen. Die stöhnte und jammerte und konnte sich nicht trösten über seine alberne Übereilung, denn es war damals ebenso wenig Sitte in Frankreich für junge Herren mit schönem Namen und angenehmem Äußeren, aus Liebe zu heiraten, wie heutzutage. – Maxime war arm, Therese noch ärmer und obendrein nur von der seconde noblesse, – warum, wenn er schon eine Missheirat machen wollte, so schrie die Familie, hatte er nicht lieber ein reiches Mädchen aus der Finanz gewählt, Bankiers- und Fabrikantentöchter waren immer bereit, ein paar Millionen für einen Grafen Sommeville zu zahlen, und Geldheiraten wurden als ein verzeihliches Übel, eine schmerzliche Notwendigkeit, schon vor Proklamation der unsterblichen Prinzipien von 89, in den besten Kreisen Frankreichs geduldet. Die Franzosen zeigten, wenn es sich um die Neuvergoldung eines schäbig gewordenen Wappenschildes handelte, schon damals keine Spur von Standesprüderie; dafür hatten sie ein um so größeres Vorurteil gegen Liebesheiraten – solche verletzten ihr Anstandsgefühl, kamen ihnen unpassend, ja geradezu unmoralisch vor.

Meint ihr, dass sich der Graf – er war natürlich elternlos – viel um das Geächze und Gekrächze seiner liebenswürdigen Familie bekümmerte? Nein, er bekümmerte sich nicht im geringsten darum, kümmerte sich auf der ganzen Welt um nichts, als um Perce-neige, Schneeglöckchen, denn so und nicht anders nannte er seine kleine Frau.

Wie er sie verwöhnte und verhätschelte, wie viele Gedichte er ihr vorlas und Sonette um ihretwillen verbrach, wie hübsch er ihr ihr Nest baute, mit wie vielen tausend kleinen, aus der Hauptstadt für sie verschriebenen Luxusgegenständen er sie überraschte, Boule-Etagèren, Sèvrevasen, Tassen mit Arabesken in jenem zarten Rosa, das die Sèvrefabrik mit höfischer Courtoisie erst »rose Pompadour«, jetzt nach der letzten Favoritin »rose Du Barry« benannt, hübschen kleinen Vermeilgegenständen mit Amoretten und Girlanden verziert aus der Künstlerhand Roettières und Bronzen von Gouthière, Möbel in üppig vergoldeten Goldgestellen, schönen Toiletten usw., und dabei wurde er immer ärmer und ärmer und merkte es nicht einmal. Zu was wäre er denn ein Kavalier gewesen, wenn er hätte rechnen sollen! Und Sommer und Winter verlebte er selig tändelnd in seinem einsamen Schloss, das so groß war wie ein Kloster und dessen hundert Zimmer bis auf die Suite der Gräfin komfortloser und dessen Korridore schmutziger und bei hereinbrechender Nacht finsterer waren, als die einer modernen Kaserne.

Wie konnte er, der raffinierte, an den geistfunkelnden Umgang der Pariser Salons, an den königlichen Luxus von Versailles gewöhnte Hofmann, es denn aushalten in seinem Exil und sich nach Ablauf der Flitterwochen nicht krank langweilen mit seiner einfältigen kleinen Frau? So fragten sich die Freunde und Freundinnen des Grafen in Paris und Versailles – besonders die Freundinnen, darunter am häufigsten die schöne Yolande de Mircourt, von der die Rede ging, Maxime habe sie ehedem geliebt und sei von ihr verschmäht worden.

Und an einem hellen Herbsttage sprengte in den Schlosshof von Sommeville eine glänzende Cavalcade, an ihrer Spitze stolz und wunderschön in einem faltigen olivgrünen Tuchkleide und kleidsamen Federhut – damals trugen Damen noch faltige Reitkleider und malerische Federhüte, wie heutzutage Zirkusamazonen – Yolande. Sie belustigte sich mit einigen Bekannten in einem Schloss der Gegend und hatte Sommeville aufgesucht – aus alter Freundschaft!? Nein, nicht aus Freundschaft – aus Neugier, kleinlicher boshafter Neugier.

Mit wie ausgezeichneter Höflichkeit Maxime sie empfing, welch köstliche Schmeicheleien er ihr, den Hut in der Hand, das Lächeln auf den Lippen, vorbrachte, wie oft er ihr versicherte, sein armes Schloss stehe ganz zu ihrer Verfügung, braucht wohl nicht gesagt zu werden. Yolande begegnete allen seinen freundlich ehrfurchtsvollen Versicherungen mit recht verwegenem Übermut; sie lachte ihm ins Gesicht und erklärte ihm, sie freue sich über seine robuste Gesundheit, er habe schon genau die Tournüre eines »hobereau normand« und würde bald dick wie ein Landpfarrer sein, und nannte ihn »mein lieber Diokletian.«

Er aber verbeugte sich zu diesen treffenden Scherzen, und der ganze Tross von Yolandes glänzenden Begleitern lachte.

Perce-neige lachte nicht, sie hatte die Augen voll Tränen. Sie ärgerte sich über die Ungezogenheiten Yolandes und über die demütige Art, in der ihr Gatte dieselben hinnahm, und sie begriff nicht, warum er, der sonst, wenn er auch nicht mit ihr sprach, doch immer durch einen liebkosenden Blick, durch eine kleine, stumme Aufmerksamkeit bewies, dass sie ihm im Sinne liege, heute gar so fremd und gleichgültig gegen sie tat.

Arme kleine Heideblume! Sie wusste es ja nicht, dass der gute Ton es Eheleuten vorschreibt, sich vor der Welt zu benehmen, als gehörten sie nicht zueinander.

Und wie einer der Kavaliere, sich an ihrer Verwirrung und scheinbaren Einfalt ergötzend, mit zudringlichen Schmeichelreden an sie herantrat, da wurde sie dunkelrot vor Zorn und Schrecken, schlüpfte ängstlich an Maxime heran, stahl ihre kleine Hand in seinen Arm und heftete ihre großen eingeschüchterten Augen auf sein Gesicht. Es war so ihre Gewohnheit gewesen, zu ihm zu flüchten anlässlich jeder kleinen Verlegenheit oder Angst, und bis dahin hatte ihm ihr zärtliches Vertrauen stets gar wohl gefallen, heute jedoch errötete er bis unter die Augen.

Armer Maxime! Eigentlich war es heroisch von ihm, dass er sich seiner Frau nicht geradezu schämte, – nein, er schämte sich nicht, er fühlte eigentlich die allergrößte Lust, ihre kleine zitternde Hand an seine Lippen zu ziehen. Wenn er es getan, so hätte ich Euch wahrscheinlich gar nichts zu erzählen, und der Graf und die Gräfin von Sommeville hätten beide lange genug gelebt, um von der Revolution geköpft zu werden oder auszuwandern und im Auslande jedes in seiner Art, durch Tanzstunden und Spitzenklöppelei, sich ihr Brot zu verdienen – ja um an dem Hofe Napoleons eine Rolle zu spielen und es unter Ludwig XVIII. zu bereuen.

Aber der Graf küsste die Hand seiner Frau nicht, das konnte er wahrlich nicht! Er merkte, wie die umstehenden Herren – in solchen Fällen immer höflicher als Frauen – hinter besonders steifem Ernst ein Lächeln verbargen, wie die Damen mit ironischer Heiterkeit Therese geradezu durch ihre emaillierten Gold-Lorgnetten anstarrten. Da beugte sich Maxime zu seiner Frau nieder, als habe sie ihn um eine Auskunft gefragt; »ja, mon amie", sagte er, »die Damen werden uns die Ehre antun, etwas zu sich zu nehmen« – dabei ließ er ihren Arm los und trat von ihr zurück. Er meinte, damit ihre Übereilung zu maskieren.

Sommevilles Hausstand war nicht glänzend; sein ganzes Schloss eigentlich nur für zwei Personen möbliert und eingerichtet. Den größten Teil seines ererbten schweren Silbergerätes hatte er verkaufen lassen, um seine Schulden zu bezahlen und geschmackvolles Spielzeug für sein Schneeglöckchen anzuschaffen.

So war denn das Speiseservice nur Faïence von Rouen, dessen grünliches Kolorit damals noch gar nicht geschätzt wurde und dessen bizarre Schnörkel dem durch die verkünstelte Regelmäßigkeit und geleckte Glätte des Sèvre-Porzellans verwöhnten, vielleicht verbildeten Hofgeschmack, geradezu bäuerisch erschienen. Die strengen Holzschnitzereien stammten noch aus der tugendhaften Zeit Ludwigs XIII. und sahen mit ihrem steifen Ernst beinahe strafend dem leichtfertigen Rokokogesindel entgegen. Der Cordon bleu auf Schloss Sommeville war eine plumpe Normannin in Holzschuhen, die sich nur in Verfertigung von Fruchttorten auszeichnete, die Lakaien waren ungehobelte Landbursche – – – mit einem Wort, das Diner, welches Graf Maxime seinen Gästen bot, hatte einen recht linkischen Anstrich und Therese eine so ländlich herzliche Art, ihre Gäste zum Essen zu nötigen. Armer Maxime.

Die schöne Yolande aß nichts und lobte alles übermäßig, wie sich ein Großstädter in der Provinz zu loben erlaubt. Sie brachte sogar einen Toast aus auf die reizende Chatelaine, und als sie dem Grafen Sommeville beim Abschied zum Kuss die Hand bot, rief sie: »Adieu, Dioclétien tourtereau!«

Er hätte den Herrschaften gern das Geleite gegeben, doch war sein einziges Reitpferd lahm. So musste er denn vom Perron seines Schlosses zusehen, wie die glänzende Cavalcade, einen Sturm von braunen Blättern aufwirbelnd, durch die herbstlich gelichteten Alleen seines verwilderten Parks dem goldenen Dunst des Abendroths zugaloppierte.

Er wusste es selbst nicht, dass er seufzte, als er sich nach seiner Frau umwandte, die blass und schüchtern etwas hinter ihm zurückstand. Den Abend war er noch liebevoller mit ihr als gewöhnlich, doch merkte es Perce-neige wohl, dass sich hinter diesen ungestümen Zärtlichkeiten eine große Aufregung verberge.

Den nächsten Tag war er unruhig, blieb länger auf der Jagd als gewöhnlich und kam müde nach Hause; fast schien es, als habe er sich vorsätzlich abhetzen wollen, und in der Dämmerung stand er träumend am Perron und blinzelte durch die Allee, wo Yolande verschwunden war, in das verbleichende Abendroth hinein.

Und Perce-neige wurde sehr, sehr traurig!

Am dritten Tage nun, nach dem Diner – man dinierte damals in Frankreich selbst bei Hof in der Mitte des Tages –, während Maxime mit der Flinte in der Hand über die Falaise strich, um ein paar Rebhühner zu schießen, schlüpfte auch Perce-neige aus dem Schloss, ganz allein, nicht einmal von ihrer Kammerfrau oder einem Diener begleitet. Sie hatte etwas im Sinne, ob dessen sich ihr kleiner Kopf eigentlich schämte, das sie jedoch ihrem Herzen abzuschlagen nicht den Muth finden konnte.

Mitten im Wald war ein Muttergottesbildnis gerade an der Stelle aufgerichtet worden, wo sich dereinst ein unglücklich liebendes Paar umgebracht. Zu diesem Bildnis flüchteten alle Bauernmädchen der Umgegend, wenn ihnen irgendein Liebeskummer das Herz bedrückte, und flehten um den Schutz der Himmelskönigin und weihten ihr ein Votivgeschenk.

Zu dieser Wundertäterin drängte es Perce-neige. Es hatte am Vormittag geregnet, die Blätter waren nass, die Wassertropfen raschelten noch hie und da durch das kranke Herbstlaub und glitten an dem Efeu herab, der sich schwärzlichgrün um die mächtigen Stämme der Eichen schmiegte. Große Nebelfetzen glitten gespenstisch zwischen den Stämmen dahin, – an manchen Stellen glänzte das Moos in einem schrägen Herbstsonnenstrahl smaragdgrün auf, in verschwommenen Regenbogenfarben schillernd flatterten lange feuchte Spinnennetze und -Fäden von Zweig zu Zweig, wie die Fäden einer zerrissenen Illusion oder eines zerrissenen Brautschleiers.

Es war weit bis zu der Mutter Gottes, und die zarten Füßchen der Gräfin waren es nicht gewohnt, so lange Wege zu gehen; endlich erreichten sie, wenn auch recht müde, ihr Ziel.

Da, in einer grellblau getünchten Nische, hinter einem seltsam verschnörkelten Eisengitter, stand die heilige Maria in einem steifen Brokatmantel, mit einem hölzern lächelnden, glänzend rosa angestrichenen Gesicht unter einem goldenen Krönchen.

Viele ganz oder halb vertrocknete Blumensträuße zeugten, in das Gitter hineingesteckt, von der großen Popularität der Madonna. Perce-neige beugte recht demütig vor ihr die Knie und betete sich ihren großen Kummer vom Herzen. Gar inniglich bat sie die Mutter Gottes, ihr die Treue des Gatten zu bewahren, und nicht nur darum – sondern auch ihr seine Liebe zurück zu schenken.

Als sie nach ihrer inbrünstigen Andacht emporsah, bemerkte sie tausend kleine Sächelchen, die um Maria herum hingen oder ihr zu Füßen lagen, meist wächserne oder silberne Herzen, Geschenke frommer und verliebter Bittstellerinnen, und Schneeglöckchen erschrak gar sehr darob, dass sie es vergessen, der Heiligen eine Aufmerksamkeit mitzubringen, denn sie fürchtete, dass ihr diese deshalb zürnen und ihr Gebet nicht erfüllen werde. Sie suchte, ob sie nicht zufällig eine Kostbarkeit an sich habe, doch sie hatte nichts als ihren Ehering, und von diesem wollte sie sich nicht trennen. Während sie sich so in ihrer ängstlichen Verlegenheit unruhig umsah, erblickte sie ein verspätetes wildes Röslein, in dessen Kelch ein großer Tautropfen zitterte. Sie brach es ab mit unendlicher Behutsamkeit, dass der Tautropfen nicht herausfallen möge, und legte es leise hinter das Gitter, auf den Saum von Marias brokatnem Gewand, – hierauf trat sie den Heimweg an.

Ein leiser Wind durchwimmerte jetzt den Wald, und große Tropfen fielen ihr ins Gesicht; anfangs dachte sie, dieselben fielen nur von den leicht bewegten Blättern, doch klatschten sie dichter und immer dichter hernieder, und aus dem wimmernden Wind wurde ein heulender Sturm, der der armen kleinen Gräfin zugleich mit den eisig kalten Regentropfen die trockenen Blätter ins Gesicht trieb.

Es war beinahe finster geworden, sie verlor die Richtung, und es fror ihr empfindlich in ihrer kleinen seidenen Mantille. Die Steine, denen sie nicht mehr ausweichen konnte, zerschnitten ihre dünnen Hackenschuhe. Verwirrt und müde, mit blutenden Füßchen und zerrissenen Kleidern sank sie unter einer patriarchalischen Eiche nieder und weinte bitterlich und fürchtete sich, wie ein rechtes Kind, das sie war, fürchtete sich so schrecklich, dass sie darüber sogar ihre Eifersucht vergaß. Zitternd und durchnässt kauerte sie sich zusammen, murmelte schon ihr kleines Gebet und bereitete sich zum Sterben.

Da hörte sie das Geräusch eines Tieres, das durch das Dickicht bricht – zwei glühende Augen stierten ihr entgegen – der Wolf! O Gott, nun war sie verloren …

»Maxime!« schrie sie unwillkürlich in ihrer großen Seelenangst, »Maxime!« und dann raffte sie sich auf und floh.

Doch müde und wund, wie sie war, hatte das Tier sie mit zwei Sätzen erreicht und umgerissen; nun aber tat es ihr kein Leid, sondern stieß ein freudiges Gebell aus und begnügte sich, sie am Kleide festzuhalten. Es war Médine, die große Hündin Maximes – zugleich sprang ein Mann zwischen den Büschen hervor.

»Maxime!«

»Perce-neige! Gott sei Lob und Dank!« Der Graf nahm sie in die Arme. »Ich suche Dich schon seit einer Stunde wie toll, – wie konntest Du mir denn solche Angst bereiten, Du sollst nicht so weit allein gehen, … wo warst Du nur?«

»Ich war bei der Muttergottes, Max«, murmelte sie kleinlaut.

Er verstand sie augenblicklich. »Mein armes Schneeglöckchen!« flüsterte er beschämt.

Sie aber schmiegte sich an ihn, »und … und«, schluchzte sie, »glaubst Du, dass sie mein Gebet erhört hat?«

Was er darauf antwortete, weiß ich nicht, ich weiß nur, dass, da sie ihre wunden Füße nicht tragen wollten, er sie wie ein Kind emporhob, den Mantel um sie schlug und ihre durchnässte, zitternde Gestalt an seiner Brust zu erwärmen trachtete. So schritt er möglichst rasch dem Schlosse zu. Doch weiß wohl jeder, wie sehr eine solche Bürde den stärksten und geschicktesten Mann am Gehen hindert. Der Heimweg dauerte eine volle Stunde, die sie in holden Träumen, er aber in quälenden Sorgen verbrachte.

* * *

Nicht umsonst hatte sich Maxime geängstigt. Seine arme Frau wurde sehr, sehr krank. Mit unermüdlicher Zärtlichkeit wachte er neben ihr Tag und Nacht, bis sie endlich eines Morgens, blass wie eine Leiche, schwach wie ein zweijähriges Kind, auf seinen Arm gestützt, von ihrem Lager bis zu dem Kamin schleichen konnte, wo sie in einen großen Fauteuil sank.

Das Erste, worum sie ihn bat, als er sich mit teilnehmender Zärtlichkeit über sie beugte, war – ein Handspiegel.

Erstaunt reichte er ihr denselben; die Eitelkeit hatte sonst nie zu ihren hübschen kleinen Schwächen gehört. Sie betrachtete sich lange und strich sich die schweren, ihrer Rekonvaleszenz wegen ungepuderten blonden Haare von den Schläfen. Ihre großen blauen Augen glühten, und ein leichtes Roth flackerte in ihren Wangen auf. »Max«, lispelte sie, »glaubt Ihr, dass ich mir auch le grand air aneignen könnte, wenn ich bei Hofe lebte?«

»O, Gott bewahre Dich davor, dass Du Dir je le grand air oder la grande insolence aneignest, mein Schneeglöckchen, und Gott bewahre, dass Du je bei Hofe leben solltest", sagte er ernst.

»Meint Ihr", erwiderte sie träumerisch – dann nach einer kleinen Weile, »aber sie hat Euch doch gefallen …«

»Wer?« fragte er ganz in den Anblick seiner kranken Frau vertieft, zerstreut, – es hatten ihm ja seiner Zeit so Viele gefallen.

»Nun die Dame, die herkam, ehe ich krank wurde", ruft Schneeglöckchen jetzt ganz heiter lachend. – »Mein Liebling, Du bist nicht recht klug", erwiderte er und küsste ihre Hände.

Er sagte zu ihr »Du«, wenn sie sich ganz allein befanden, das war eine hübsche zärtliche Unart, die Jean Jaques in die Mode gebracht.

Sie ließ ihre Hände in den seinen; der rötliche Widerschein des Kaminfeuers flackerte über ihr weißes Kleid und ihre weiße Wange; sie hatte die Augen geschlossen und sah wie eine Tote aus oder wie ein schlafender Engel. Plötzlich schlug sie die Augen wieder auf. »Ich möchte doch gern den Hof sehen", flüsterte sie. – – –

Man hatte Maxime gesagt, die Gräfin würde wohler werden im Frühling, aber der Frühling kam, sie hatte noch immer heiße

Hände, heiße Lippen, einen kurzen Atem und eine unruhige Art, von Zeit zu Zeit die Hand auf ihr Herz zu legen; und der alte Arzt von Rouen machte ein sehr langes Gesicht und sagte: »Die Frau Gräfin müsse sehr geschont werden, sehr geschont, jede Aufregung müsse man von ihr ferne halten, denn ihr Herz sei angegriffen.«

Sie war nicht mehr wie sonst seit ihrer Krankheit; zwar war sie noch schöner, noch anmutiger, noch zärtlicher, aber sie hatte ihre ruhige Kindlichkeit verloren. Beständig müde, beständig rastlos, sehnte sie sich von Ort zu Ort, zeigte außerdem eine ganz neue Freude an schönen Kleidern, schmückte sich mit ausgesuchter Sorgfalt und etwas phantastischem, aber sehr reizendem Geschmack. Sie putzte sich freilich nur für Maxime, lebte nur, um ihm zu gefallen. Er aber schüttelte dennoch traurig den Kopf zu ihrer Veränderung.

Der Staub der Weltlichkeit war auf sein Schneeglöckchen gefallen.

* * *

Damals war die Liebe nicht mehr eine Religion, wie in den Zeiten der Ritter und Minnesänger, sie war keine elegante Zerstreuung, wie zu Zeiten Ludwigs XIV., sie war kein brutaler Rausch, keine wilde Betäubung wie zu Zeiten des Regenten und des nunmehr verstorbenen Lakaien, der Du Barry damals war, die Liebe eine Kunst, die Rousseau gelehrt, ohne sie zu können.

Das Herz war ein Instrument, an dem man beständig herumtastete und herumquälte, um alle Gefühle daraus hervor zu irritieren, deren es überhaupt fähig war. Man schraubte sich abwechselnd zu tollen Ängsten grundloser Eifersucht, drückender Zerknirschung, rasender Leidenschaft, hinsterbender Zärtlichkeit, wildester Begier, fanatischer Entsagung hinauf und klügelte die süß-peinlichsten Gefühls-Dissonanzen heraus. Die Empfindsamkeit wurde unter diesen Umständen eine Virtuosität, ein modisches Salontalent, wie das Flötenspiel – man liebte mit Geschmack.

Dass Maxime von Sommeville ganz von den Einflüssen seiner Zeit frei gewesen wäre, will ich nicht behaupten: gewiss hatte seine Neigung zu Perce-neige jenes überspannt Schwärmerische, das damals in der Luft schwebte; aber wenn auch seine Liebe eine Kunst war, so war sie eine, die er ganz wie ein gottbegnadigtes Genie instinktiv ausübte.

Von aller affektierten Herzensstutzerei blieb er frei. Er hatte es nicht nötig, das komplizierte Räderwerk seines Herzens erst mit einem Schlüssel aufzuziehen – es ging von selbst.

Er liebte, wie man lieben soll, einfach, selbstlos und tief. Er wusste, dass seine Frau im Sterben war, und er litt unsäglich, mit einem Lächeln um die Augen und einem Hoffnungswort auf den Lippen, und verbarg seinen Schmerz dort, wo er ihm am wehesten tat, in seinem Herzen.

Mittlerweile waren zwei seiner Verwandten nach Schloss Sommeville gekommen, eine alte Cousine aus Caën, die sehr fromm war und immer den Rosenkranz in der Tasche ihres bis an den Hals geschlossenen karmeliterbraunen Kleides trug, dazu ein Kreuz auf der Brust und einen bis in die Stirn hinabhängenden schwarzen Kopfputz, und weiter eine alte Tante des Grafen, die Marquise von Mirebelle, die ehemals eine große Schönheit gewesen war am Hofe Ludwigs XV.

**

Aber der Hof von Ludwig XV. mit seinen verwegenen Favoritinnen, seinen traurigen Königstöchtern und seinem freudlosen König ist von der Bildfläche verschwunden. Ludwig XV. ist an den Blattern gestorben, welche hässliche Krankheit auch die Schönheit Yolandes verdorben und deren gedemütigten Stolz aus der Welt in ein Kloster vertrieben hat.

Schon seit anderthalb Jahren hat Frankreich einen neuen König, der eine große Leidenschaft zur Schlosserei und Maurerei, und die schwerfälligste Unbeholfenheit, sowie den gewissenhaftesten guten Willen zu allen Regierungsgeschäften an den Tag legt, eine Königin, die einfache Musselinkleider trägt, zu Esel reitet, mit ihren Hofdamen Freundschaften schließt, und mit dem König, eigentlich auf Befehl Seiner Majestät ihres kaiserlichen Bruders Joseph kokettiert, – eine Königin, die reizender als eine Favoritin, von ihrem Gatten beinahe wie eine Favoritin geliebt und von ihrem Volke bedeutend mehr gehasst werden wird.

Die Du Barry, nun selber in Ungnade des neuen Königs gefallen, hat längere Zeit hindurch in der Einsamkeit eines Bernhardinerklosters vegetiert und sich damit beschäftigt, den frommen Nonnen mit ihrer liebenswürdigen Sünder-Grazie die unschuldigen Köpfe zu verdrehen, ja auf diese Kunst mehr Sorgfalt verwandt, als je darauf, den blasierten Sinn von »La France« zu berücken; nun ist sie durch die Verwendung guter Freunde, die bei Hof ein Wort für sie einlegten, wieder in ihren üppigen Luxus von Louveciennes zurückgekehrt. Gute Freunde, die für Abwesende betteln, spielen eine große Rolle an diesem neuen, unerfahrenen Hof, und, wenn sie die im Kloster lebendig begrabene Du Barry exhumieren und nach Louveciennes senden, so exhumieren sie auch lebendig begrabene Kavaliere aus ihren Schlössern und ziehen sie an den Hof. Sie verwenden sich für den Grafen Maxime Sommeville, er erhält einen Wink, dass seine Huldigungen von dem jungen Königspaare gnädig entgegengenommen werden würden.

Ein solcher Wink ist ein Befehl, der Maxime recht ungelegen kommt, dem er sich mit schwerem Herzen unterordnet, denn Perce-neige ist in letzter Zeit immer schwächer und schwächer geworden; in seinen Armen hat er sie hinuntertragen müssen, wenn er sie bei besonders warmem Wetter ein halbes Stündchen lang im Sonnenschein ausführen wollte.

Schon im Wegfahren lässt er die schwerfällige Reisekalesche noch einmal halten, um in das Schloss zurückzustürzen und seiner Tante und Cousine es ein letztes Mal aufs Herz zu binden, seine arme kleine Frau gut zu pflegen. Dann eilt er auch noch in das Zimmer der Gräfin.

Zwei Minuten später stürmt er die Treppe hinab, eine Träne im Auge, ein zerknittertes blaues Band in der Hand! Der Anzug, in dem er heute fortreist, ist bedeutend nachlässiger als der, in welchem er vor drei Jahren nach mehrtägiger Fahrt in Sommeville ankam. Sein grüner Sammetrock fängt an schäbig zu werden, – dem Grafen fehlt die Geduld, stillzuhalten, wenn ihm der Kammerdiener das Jabot zurechtzupfen will, seine Sorgen lassen ihm keine Muße, daran zu denken, wie ihm der Rock sitzt. –

Nun ist Maxime bald drei Wochen vom Hause fort; Schneeglöckchen hat die Zeit in ihrem Zimmer zugebracht; es war ja Niemand da, der sie behutsam eingehüllt über die zugigen Gänge in den Salon oder den Speisesaal getragen hätte.

O, wie ihr nach ihm bangt, wie sie an ihn denkt, wie sie sich auf ihn freut, ... auf ihn, – und kindische kleine Person, die sie ist – auch auf das Collier aus Diamanten, das er ihr versprochen.

Sie hat noch nie etwas Schöneres um den Hals getragen als das Kreuzchen, welches ihr die Mutter am Tag ihrer ersten Kommunion umgehängt; ein Diamantcollier zu besitzen, war in den letzten Monaten ihre fixe Idee. Noch beim Abschied hat sie Maxime zugerufen: »Vergiss mein Collier nicht", sie hat ihm nach Versailles geschrieben: »Vergiss mein Collier nicht, mir ist zum Sterben bange ohne Dich, komme bald« ... So viel, und nicht um ein Wort mehr, hat sie die Kraft gefunden, eine lange Epistel der Marquise von Mirebelle beizufügen.

Mit welchen Gefühlen er ihre armen schwankenden Buchstaben las, wissen wir nicht, wir wissen nur, dass er ihr einen langen, langen unorthographischen Brief aus großen Quartblättern antwortete, so einen Brief, wie man sie damals noch schrieb, als der Postverkehr schwierig und der moderne Telegrammstil, Gott sei Dank, noch nicht erfunden war, und dieses Schriftstück sandte er ihr durch einen Vetter, den Chevalier de Mirebelle, Neffen der Marquise, dessen schwindsüchtige Börse der Landluft bedurfte, und der ein gar vornehmer Stutzer, ganz erfüllt von den modischen Pariser Skandal-Neuigkeiten, einen betäubenden Moschusgeruch ausströmend und beständig herablassend lächelnd, von einem Kammerdiener gefolgt, in dem verschollenen Schloss auftauchte.

Die Gräfin empfing ihn in ihrem Schlafzimmer, wie es die Sitte ihrer und einer noch viel späteren Zeit erlaubte, sie stellte ihm tausend Fragen, wollte wissen, ob der König denn recht gnädig gegen Maxime gewesen, und auch die Königin, und wie sich die Königin kleide und auch Madame Elisabeth.

Er nahm sich alle Mühe, galant, ja höflich zu sein, aber seine geistreichtuerische, von kalter Weltironie durchsäuselte Konversation ermüdete und verletzte sie. Ach, Maxime hatte sie so sehr verwöhnt, seitdem er fort war, mochte sie eigentlich niemand anders um sich haben als ihre alte Amme, welche die Stelle einer Kammerfrau bei ihr vertrat, und die sie jede halbe Stunde seufzend fragte: »Kommt Maxime noch nicht?«

Sie wurde schwächer von Tag zu Tag, und der Chevalier, den Maxime beschworen hatte, ihm genauen Bericht über der Kranken Befinden nach Versailles zukommen zu lassen, sandte sehr traurige Nachrichten dahin ab, denn Perce-neige, noch immer lächelnd, mit glänzenden Augen und roten Lippen, lag im Sterben.

* * *

Es ist der Tag des Weihnachtsabends. Madame de Mirebelle sitzt mit ihrem Neffen in dem warmen Salon, der beinahe nicht möbliert, aber um so schöner parkettiert und mit prachtvollen Tapisserien behängt ist, auf denen rosa Nymphen in bläulichgrünen Landschaften spazieren gehen.

Die Marquise beugt sich über einen Stickrahmen, auf dem sie eine für ihren Cousin bestimmte weiße Atlasweste mit schönen rosa und roten Nelken und Silberzweigen verziert. Die Marquise war ihrer Zeit, d. h. in ihrer Jugend, nicht nur eine große Schönheit, wie schon erwähnt, sondern auch eine gelehrte Philosophin und begeisterte Anhängerin Voltaires, Freundin der Marschallinnen von Mirepois und Luxembourg und immer auf dem besten Fuß mit der Marquise von Pompadour und der Gräfin Du Barry, welch letztere sie auch später noch in Louveciennes besuchte. Eine leidenschaftliche Kartenspielerin, verlor sie immer, obschon sie manchmal zu kleinen Hilfsmitteln griff, um das Glück zu zwingen, was damals erlaubt, ja Mode war, – besonders bei Damen.

Nachdem sie mit ihrem Vermögen fertig geworden, in Paris oder Versailles nicht länger mehr leben konnte, reiste sie nun mit ihrer Kammerjungfer, ihrem Pudel und ihren Prätensionen in der Provinz von Vetter zu Base, rechnete ihren armen Verwandten die Ehre ihres Besuches gar hoch an, verdrehte den Basen den Kopf, indem sie ihnen ehrgeizige Unzufriedenheit einimpfte, und machte den Vettern das Leben sauer, indem sie unaufhörlich klagende Bemerkungen über die Unhöflichkeiten vernehmen ließ, die sich deren Jagdhunde gegen ihren Pudel erlaubten, und recht boshafte Anekdoten über den vernachlässigten Anzug und die verbauerten Manieren eines andern kürzlich von ihr heimgesuchten Vetters erzählte, dessen Beschreibung dem jeweiligen Hausherrn genau auf den Leib passte.

In Sommeville hatte sich die Marquise nun schon seit dem Oktober einquartiert, aber weder mit ihren Hetzereien noch mit ihren Anekdoten dasselbe Resultat erzielt, wie anderswo.

Denn wenn sie Schneeglöckchen damit in den Ohren lag, sie möge ihren Mann bewegen, diese verwünschte Baracke zu verlassen und wieder an den Hof zu kommen trachten, da antwortete Perce-neige: »Er wird mich zu Hof führen, sobald es ihm gut dünkt.«

Und wenn die Marquise bei dem Diner erzählte, dass ihr Cousin A. sein Brot schneide, der Cousin Z. sich bei Tisch die Haare kämme, so erwiderte ihr Maxime, der diese kurzweiligen Geschichten unmöglich auf sich beziehen konnte, achselzuckend: »Madame, ich mache Sie darauf aufmerksam, dass meine Frau solche Gespräche nicht liebt", worauf sie in Sommeville ihre Anekdoten ruhen ließ.

Unweit der stickenden Marquise saß der Chevalier und beschäftigte sich damit, für seine Tante das Wappen derer von La Tremouille auf einen sehr feinen Stramin zu zeichnen. Die Marquise war einem La Tremouille ein Geschenk schuldig.

»Und was ist denn jetzt in Paris Mode?« seufzte die schon seit längerer Zeit von Paris entfernt »vegetierende« Marquise.

»Eheliche Liebe und die Menschenrechte", sagte der Chevalier; »mehrere unserer Bekannten, unter andern der junge Lafayette, sollen sich schon zur Reise nach Amerika vorbereiten, um für Menschenrechte zu kämpfen.«

»Ich konnte den Lafayette nie leiden", bemerkte die Marquise, »ein aufgeblasener Mensch von schlechtem Ton und zweifelhaften Manieren. Sagen Sie mir, wie hat es der zustande gebracht, eine Noailles zu heiraten, ... sie hat sich weggeworfen. Pour moi ce mariage ne s'explique pas –«

»Vielleicht waren die jungen Herrschaften ineinander verliebt", sagte der Chevalier mit unbeschreiblicher Ironie, »heute heiraten die bestgeborenen jungen Leute aus Liebe, wie die Küchenjungen.«

»Chut", warnte die Marquise und blickte ihn vielsagend an.

»Armer Sommeville!« sagt mit boshaftem Mitleid der Chevalier, »es ist geradezu wunderbar, wie die Gesellschaft unter den vereinten Einflüssen von Rousseau und Amerika verwildert!« Der Chevalier nahm nachdenklich eine Prise Tabak aus einer ganz kleinen emaillierten Dose. »Madame de Taigne duzt ihren Mann, und Madame de Coissac nährt ihren Sohn selbst!!«

»Unmöglich!« sagte die Marquise nachdenklich, »nun, und weiß man noch nicht, ob unser armer, teurer Voltaire von diesem tugendhaften Königspaar empfangen werden wird oder nicht?«

»Man glaubt nicht; à propos, ma tante, kennen Sie Voltaires neueste Schrulle?«

»Nicht, dass ich wüsste –«

»Er bettelt um ein Marquisat pour le consoler des chicaneries de Rousseau! Eine amüsante Geschichte, nicht wahr, und das Amüsanteste dabei war das Gesicht von Noailles, Sie wissen, des Schwagers von Lafayette, als man die Geschichte vor ihm erzählte. Er sah aus wie eine Marmorbüste und erklärte, die Anekdote flöße ihm nicht den geringsten Glauben ein, Voltaire sei über derlei Kleinigkeiten erhaben.« –

»So, so", spöttelte die Marquise, »Voltaire ist feinfühlend genug, um die Entbehrung dieser Kleinigkeiten sehr tief zu empfinden ... das ist meine Ansicht. Nun, und was macht man sonst in Paris? – Gibt es keine neuen Erscheinungen dort, haben Sie nichts über diese Madame Sacker oder Nacker ... wie heißt sie nur ... gehört? Sie soll Madame Geoffrin Concurrenz machen.«

»Ah, Sie meinen wohl Madame Necker, die kleine Schweizerin. Ich habe sie neulich in der Oper gesehen, sie ist recht hübsch, aber unerhört geschmacklos, sie hatte ein rotes Kleid an und war dekolletiert, hm ... wie ein Porträt. Sie empfängt alle Donnerstag und Sonnabend ... nein alle Mittwoch und Freitag, ich weiß es wirklich nicht, ja, ja, man spricht viel von ihr.«

– »Sie soll ihrer Zeit Kindermädchen gewesen sein", bemerkte die Marquise.

– »N...ein, Gouvernante oder so etwas, mit Gibbon verlobt. Sie wissen, dem fetten Engländer, Sie müssen sich seiner erinnern, ma tante, er kam öfters zu Madame du Deffant ... ah, wie es scheint, hat er sie sitzen lassen, sans crier gare, obschon sie ihn durch die rührendsten Briefe zur Treue ermahnte.«

Da stürzt die Cousine aus Caën herein. Ihr Gesicht hat die Farbe einer trockenen Blume, ihr Kleid die Farbe eines trocknen Blattes; sie ringt jammernd die Hände.

»Was gibt es?« fragt die Marquise phlegmatisch, »hat Therese wieder einen Anfall?«

»Einen ungemein heftigen", sagt die Frömmlerin.

»Ohne Anlass? ... Ohne besondere Aufregung?« inquiriert listig der Chevalier.

Die Frömmlerin schweigt.

»O! Sie haben der Kleinen gewiss von ihrem Seelenheil gesprochen!« ruft ungeduldig die Marquise.

»Ich habe meine Pflicht getan", entgegnete die Cousine aus Caën streng, »Doktor Verdicean sagte mir gestern, der Tod der Gräfin könne jeden Augenblick eintreten, soll sie denn unvorbereitet hinübergehen? In der zartesten Art habe ich meine Base darauf aufmerksam gemacht, in welcher Gefahr ihre Seele schwebt, und sogar hinzugefügt, dass es einen Menschen nicht töte, sich mit den Sterbesakramenten versehen zu lassen, ebenso wenig, als es ihn töte, sein Testament zu schreiben; ich versicherte ihr, Leute gekannt zu haben, die nachher noch fünfzig Jahre gelebt hatten, sie aber hörte mir gar nicht zu und fiel aus einer Ohnmacht in die andere.«

»Einen hübschen Lärm wird das geben, wenn Sommeville zurückkommt und von Ihrem geistreichen Verfahren hört", ruft die Marquise, welche die Frömmlerin nicht leiden kann, scharf, »haben Sie wenigstens jetzt nach dem Arzte geschickt?«

»Nein ... ich habe den Pfarrer rufen lassen.«

»Sie sind verrückt", schreit die Marquise, »ich muss sogleich hinauf zu Therese, um mich über ihren Zustand zu orientieren, und Sie, Gaston", zu dem Chevalier gewendet, »könnten indes veranstalten, dass jemand nach Caën – bis Rouen ist zu weit – nach dem Arzt gesandt werde. Von mir wenigstens soll Sommeville nicht sagen können, ich habe seine Frau gemordet.«

Damit verfügte sich die Marquise zu ihrer kleinen Nichte, die sie wohl bei zurückgekehrtem Bewusstsein, aber sehr schwach und fiebernd antraf und so wenig geneigt ein Wort zu sprechen, dass sich die Marquise, nachdem sie der alten Amme einige Befehle gegeben, wieder in den Salon zurückzog, wo sie sich philosophisch damit zerstreute, das Flötenspiel des Chevaliers auf einem kleinen Klavier zu accompagnieren, welches Maxime unlängst für seine Frau aus Paris hatte kommen lassen, und dessen schlanker Kasten über und über mit weißen Rosen bemalt war.

* * *

In ihrem Zimmer liegt Perce-neige. Sie hat den Fauteuil neben dem Feuer verlassen und in ihrem Bett Ruhe gesucht; halb sitzend, auf dass ihr das Atmen leicht werde, lehnt sie in dem spitzenumsäumten Kissen.

Inmitten dieses Schlosses, das sich bis auf die Gobelins im Salon und die Schnitzereien im Speisesaal und ein paar ähnliche Überbleibsel von angestammtem Familienluxus so öde und vernachlässigt zeigt, als nur irgendeine herabgekommene Edelmannsbehausung in der Normandie, ist das Zimmer der Gräfin so reich und geschmackvoll geschmückt, wie das koketteste Boudoir in Versailles; blassblau und weiß gestreifter Seidenstoff mit Silber durchädert und mit Rosenbouquets übersät, bespannt die Wände, die Toilette mit ihren koketten Spitzenvorhängen und Schleifen, ihrem Geglitzer von Vermeil und geschliffenem Glas ist eine wahre Augenweide, der Rahmen des Spiegels ein Gewirr von Blumengirlanden und Engelchen aus der Meisterhand Gouthières. Überall stehen kleine Konsolen und Etageren, wie sie nur das Rokokozeitalter zu erfinden, auszuschmücken und zu benutzen wusste, das Zeitalter, dem zum letzten Mal die Aristokratie seine Dichtung gab, und dessen ganze Beschäftigung vielleicht deshalb nichts war, als eine lange, anmutige Tändelei. Die seltsam verschnörkelte Kaminuhr singt mit einem verweint umflorten Glockenspiel jeder dahingeschiedenen Stunde ein träumerisches Grablied nach.

Der Wind stöhnt draußen und schleudert trockene Blätter an das Fenster. Lange blickt die Gräfin melancholisch dem unheimlichen Blätterreigen zu, dann befiehlt sie der Kammerfrau, die Vorhänge zusammenzuziehen. Die Kammerfrau tut es und zündet die Wachskerzen auf der Toilette an. –

»Kommt Max noch nicht?« haucht Perce-neige; ihre armen kleinen Hände spielen unruhig um den Saum ihrer Bettdecke. Unablässig schiebt sie das Köpfchen in den Kissen hin und her, umsonst sucht sie ein lindernd-kühles Plätzchen. –

»Max hat versprochen zu Weihnachten zu kommen", murmelte die Gräfin, »in der nächsten halben Stunde kann er hier sein. Nanon, reich' mir meinen Handspiegel!« und Nanon, eine gute, geduldige alte Person, reicht den Spiegel.

»Rück' mir die Kerzen näher, nein, nicht so, nicht so, so blendet mich das Licht, ... und nicht so, so seh' ich ja nichts. O, der Graf ist unendlich geschickter als Du ... Meine Frisur hängt ja im Nacken. Max müsste erschrecken, wenn er mich so wiederfände, steck' mir die Locke hinauf, streue mir ein wenig Poudre in die Haare ... Rouge – nein Rouge brauche ich keines, sieh nur, wie mir die Wangen glühen, mit sechzehn Jahren war ich nicht frischer.

Und doch sagt ihr, ich sei krank. O, ich bin nicht krank, nur müde, müde von Eueren Quälereien. – Wenn ich krank wäre, so müsste er um mich besorgt sein, und er war's nie, ... er lachte mich immer aus, wenn ich klagte. Gib mir ein blaues Band um den Hals. Er bringt mir ein Collier mit aus Paris, ein Collier aus

Diamanten. – Nanon, warum weinst Du?« ruft Perce-neige; Perce-neige, die sonst niemanden auch nur ein zu lautes Wort gesagt hat, – beinahe kreischend, wobei ihre dünne Kinderstimme überschnappt. Der Spiegel fällt ihr aus der Hand und zerbricht. Sie erschrickt. – »Das ist ein böses Zeichen", stammelt sie, »ein böses Zeichen", und schluchzend sinkt sie in ihr Kissen zurück. »Kommt Max noch nicht?!« – –

* * *

Über die schlechten Straßen, in Kot versinkend, mit kreischenden Rädern und keuchenden Pferden, schleppt sich die Reiseequipage des Grafen von Sommeville.

Der Graf hat Versailles in einem ungünstigen Momente verlassen und sich zurückgezogen, als das Königspaar im Begriff stand, ihn mit Gnaden zu überhäufen. Der König hat ihn mit einer diplomatischen Mission betrauen und nach Wien entsenden wollen, die junge, leichtlebige Königin jedoch gefunden, dass, um diplomatische Geschäfte abzuwickeln, man wahrhaftig nicht ein so liebenswürdiger Kavalier und guter Tänzer zu sein brauche wie Sommeville, dass er viel nötiger sei bei ihren Bällen in Versailles, worauf der verliebte König von einer ernsteren Verwendung des Grafen absieht.

In jenen Tagen, unter dem liebenswürdigen Einfluss der Österreicherin, gewann das Hofleben beinahe den Reiz eines zwanglosen Verkehrs, erinnerte an das vornehm ungekünstelte Treiben auf einem englischen Landsitz. Ein Höfling musste ein angenehmer Gesellschafter sein, konnte ein guter Freund werden.

Die muntere junge Königin liebte es, ihre Majestät abzustreifen und denen gegenüber jeden Rangunterschied fallen zu lassen, die sie in ihrem so sehr von Madame de Noailles angefeindeten, anmutig unvorsichtigen Muthwillen, »mes chers mauvais sujets« nannte, sie zeichnete den Grafen aus, wo sie konnte, und Lauzun, der glänzendste aller Taugenichtse, der ritterlichste aller Schufte, der damalige Günstling und spätere Verleumder Marie Antoinettes, das berückendste und giftigste Unkraut, das je dem Boden französischer Sittenverderbnis entblüht, musterte ihn aufmerksam.

Der Mann mit den traurigen Augen und dem freundlichen Lächeln, mit der edlen Courtoisie und rührenden Zartheit gegen die Frauen, der alles erreichen konnte und nichts verlangte, den die Gnadenbeweise, mit denen man ihn überhäufte, nur immer schwermütiger zu stimmen schienen, der, während der ganze Hof ihn beneidete, sich in einen düstern Winkel verbarg und seufzte, der war dem leichtsinnigen Herzog ein Rätsel.

»Que diable! Was hast Du denn nur, was willst Du noch?« fragt er, an Sommeville herantretend, »sag's, wenn's jemand für Dich erreichen kann, so ist's Lauzun.«

»Ich habe eine sterbende Frau zu Hause und möchte zu ihr", murmelte der Graf.

Lauzun zwinkert ihn erstaunt an. Er hat auch eine Frau, eine gar lieblich schöne, junge Frau, die er vernachlässigt, und die heldenmütig ihre verschmähte Liebe zu ihm in sich bergend, edel und einsam verkümmert. Vielleicht staunt Lauzun nur spöttelnd darüber, dass man seine eigene Frau lieben könne, vielleicht neidet er seinem Vetter ein Gefühl, das stark genug ist, demselben Gleichgültigkeit zu lehren gegen die Gunst einer Königin.

»Sei ruhig", bemerkte er nach kurzer Pause, »man wird Dir helfen.«

Und den nächsten Tag reiste Sommeville ab von Versailles, nicht ganz gnädig entlassen, von einem schwerfällig empfindlichen König, von einer grenzenlos gutmütigen und grenzenlos verwöhnten Königin, reiste nach Hause, nicht ohne sich in Paris mit dem schon bestellten Diamanthalsbande versehen zu haben.

Wie langsam die Pferde gehen! Die Sonne ist schon im Sinken, ein blutroter Streifen umsäumt den Horizont. Sommeville beugt sich aus dem Wagenfenster, um sich davon zu überzeugen, wo er sich eigentlich befindet. Plötzlich bemerkt er eine lange Gestalt, deren schwarzes Gewand im Winde flattert.

Es ist der Pfarrer mit dem Allerheiligsten.

Sommeville lässt halten. »Wohin, Herr Pfarrer? Der Weg ist schlecht, kann ich Sie führen?«

»Man hat mich nach Sommeville gerufen", erwidert der Geistliche traurig.

»Mein Gott ... Perce-neige!«

Der Pfarrer senkt den grauen Kopf.

Weiter rasselt der Wagen. Neben dem jungen Mann sitzt jetzt der Greis, neben dem Gatten der Geistliche, neben der Liebe die Religion.

Vor einundzwanzig Jahren hat der Pfarrer Perce-neige getauft, er hat ihr die erste Kommunion gereicht, er hat sie mit Max getraut. Er sieht sie vor sich mit ihrem andächtigen Kinderglauben, mit ihrer unschuldigen Liebesanmut. Die Tränen fließen ihm über die Wangen. Sommeville weint nicht.

Der Wagen hält vor dem Schloss. Die Hunde schlagen an, die Bedienten stürzen durcheinander. Auf der Treppe begegnen den beiden Männern in dem flackernden Lichte getragener Kerzen die Cousine aus Caën, die Marquise und der Chevalier.

»Gott sei Dank, dass Sie gekommen, mein Vater", kreischt die Cousine dem Pfarrer zu.

»Steht es wirklich so schlecht?« stammelt Maxime mit versagender Stimme.

»Ein Wort, Max", ruft die Marquise, »die Gräfin war recht wohl, wäre vielleicht in diesem Moment wohl genug gewesen, Ihnen entgegen zu gehen, wenn nicht Ihre liebenswürdige Verwandte hier es für notwendig erachtet hätte, ihr ins Gewissen zu reden, die arme Kleine darauf aufmerksam zu machen, dass die Stunde für sie gekommen sei, sich das Viaticum reichen zu lassen. Dies hat natürlich die arme Herzleidende in eine so peinliche Aufregung versetzt, dass man wirklich das Schlimmste befürchten kann.«

Sommeville stiert die Cousine wild an. Ein Fluch schwirrt von seinen Lippen. Dann schlägt er die Augen nieder vor dem Pfarrer.

»Ich habe meine Pflicht getan", verteidigte sich die Cousine salbungsvoll, »ich begreife nicht, wie man sich vor Gott fürchten kann!«

»Wenn man zwanzig Jahre zählt, fürchtet man sich vor dem Tode", bemerkt achselzuckend die Marquise.

Die beiden Männer stehen vor der Tür der Sterbenden. Der Pfarrer mit dem Allerheiligsten, der Gatte mit dem Diamanthalsband. Sie zögern beide. Einer blickt auf den Andern. Aus Sommevilles Augen glänzt ein schmerzliches, nicht zu reden wagendes Flehen. Der Pfarrer zittert am ganzen Leib; er ist einer von den Wenigen, die noch an Gott glauben inmitten dieser gottvergessenden Zeit. Ja, er glaubt an Gott, aber er lebt im achtzehnten Jahrhundert, einige Jahre vor der Revolution. – Der Schweiß trieft ihm von der Stirne, aber er spricht leise und entschlossen: »Gehen Sie, Herr Graf, Sie werden mich rufen, falls mich die Gräfin wünscht!«

»Ich ... ich werde meine Frau vorbereiten", stottert Sommeville mit dankerfüllten Augen und verschwindet in der Türe, die zu Perce-neige führt.

»Max!« ruft Perce-neige und streckt die abgezehrten Arme nach ihm und lächelt ihm zu, so rührend, so schrecklich zärtlich und erdensehnsüchtig, wie nur rote Fieberlippen aus dem abgemagerten Gesichtchen einer Sterbenden lächeln. »O Max – nun ist alles gut, ach ... sie haben mich so gequält. Schon vom Viaticum sprachen sie ... Bin ich denn wirklich krank?«

»Kleine Törin", unterbricht er sie.

»Du hast keine Angst um mich?« fragte sie ihn und durchspäht sein Gesicht aufmerksam. Seine Augen sind trocken, sein Mund lacht. Er öffnet das Samtetui.

»Versailles freut sich auf Dich, das musst Du auf Deinem ersten Hofball tragen", sagt er.

»O, wie schön!«

Und mit tausend tändelnden Liebkosungen hing er ihr das funkelnde Halsband um.

So bereitete er sie vor! Der Glaube hatte das Knie gebeugt vor der Liebe.

Vor der Türe des Sterbezimmers stand der Pfarrer und wartete, bis man ihn brauche. Er war jetzt ganz ruhig und einig mit sich.

Er hörte Sommevilles Stimme weich und leise, wie die einer Mutter, die ihr Kind beruhigt: Er hörte neckendes Lachen, zärtliche Küsse. Er trat zurück, wollte nicht horchen, ging auf und nieder in der kalten Halbfinsternis des Korridors, wartete, bis man ihn brauche!

Die Cousine aus Caën kniete in ihrem Zimmer und betete laut und schnarrend um der Sterbenden Seelenheil. In dem Gobelinsalon spielten der Chevalier und die Marquise Karten. Stunde um Stunde verging. »Vielleicht ist ihr wohler", dachte der Pfarrer. Er fror und rieb sich die Hände. Da stürzte die alte Nanon aus dem Gemache ihrer Herrin auf ihn zu: »Um Gottes willen, Herr Pfarrer, kommen Sie schnell!«

Hatte Sommeville die Arme vorbereitet? ...

Der Pfarrer trat ein.

Dort auf dem Bettrand saß Maxime eine Tote im Arm ... und die Tote lächelte und hatte ein Brillantcollier um den Hals.

Es war zu spät.

Ein großes Glockengerassel erschallte und Wehklagen und Geschrei. Die Dienerschaft lief zusammen, und die Cousine von Caën, die Marquise und der Chevalier trafen einander vor dem Zimmer der Gräfin, aus dem jetzt Maxime trat, bleich wie Wachs und auf die Schulter des Pfarrers gestützt. »O, ehrwürdiger Herr, ich hatte nicht den Muth – Gott strafe die Sünde an mir, nicht an ihr", schluchzte er.

»Sie hat den Glauben von sich gewiesen und mit irdischer Liebe ihre letzten Augenblicke verschwelgt, anstatt der Hostie hat sie einen Kuss genossen, sie ist verdammt", krächzte die Frömmlerin.

»Schweigen Sie, Madame", entgegnete ihr ungeduldig der Pfarrer, und sich zu Maxime beugend, sprach er unendlich mild: »Bauen Sie auf Gottes Gnade, mein Sohn. Gott ist nicht wie irdische Könige, die einen Menschen verdammen, weil er einen Fehler begangen hat gegen die Etikette!«

»Gott ist ein Philosoph!« murmelte der Chevalier mit der frivolen Ironie des Jahrhunderts.

Die Marquise musterte aufmerksam das Gesicht des alten Pfarrers. Ihr war's als habe sie dasselbe einst jung auf einer Pariser Kanzel gesehen. – Er war aus der Hauptstadt verbannt worden, weil er zu viel gedacht hatte.

Dann verlor sich die Aufregung, und alles wurde still. –

Au der Leiche beteten der Wittwer und der Pfarrer friedlich nebeneinander. Liebe und Glauben, durch schale Menschensatzungen bitter verfeindet, hatten sich dessen erinnert, dass sie eigentlich Schwestern sind, und der Fanatismus hatte abgedankt zugunsten der Humanität.